寓言是一个魔袋

袋子很小

却能从里面取出很多东西来

中国古代寓言

王 燕 编著 叶颖芳 绘

南方出版社·海口

图书在版编目（CIP）数据

中国古代寓言 / 王燕编著 ; 叶颖芳绘. — 海口 :
南方出版社, 2024.1
ISBN 978-7-5501-8817-4

Ⅰ. ①中… Ⅱ. ①王… ②叶… Ⅲ. ①寓言－作品集
－中国－古代 Ⅳ. ①I276.4

中国国家版本馆CIP数据核字(2024)第010967号

ZHONGGUO GUDAI YUYAN

中国古代寓言

王燕/编著　　叶颖芳/绘

责任编辑：孙宇婷

责任校对：王雨涵

排版设计：刘洪香

出版发行：南方出版社

地　　址：海南省海口市和平大道70号

电　　话：（0898）66160822

经　　销：全国新华书店

印　　刷：北京博海升彩色印刷有限公司

开　　本：720mm×1000mm　1/16

字　　数：230千字

印　　张：20

版　　次：2024年1月第1版　2024年1月第1次印刷

书　　号：ISBN 978-7-5501-8817-4

定　　价：118.00元

序

寓言是用假托的故事或自然物的拟人手法来说明某个道理或教训的文学作品,常带有讽刺或劝诫的性质。这种故事一般是通过对鸟兽、精怪以及非生命物体的拟人化将人类社会的民生世态、情感纠葛、性格品质、道德伦理判断以及思想价值取向等描绘出来并进行评析抉择的。寓言的主题往往带有警示性和劝诫性。它的故事叙述一般带有教化性寓意,比较鲜明地具有通过抽象的概念、形象化的属性和非现实情境映射现实生活的特点。

寓言作为一种常见的文学体裁,是与人类文明相联系的。稽索我国寓言故事的文本渊薮,当可上溯到先秦时期。经过数千年传承发展而历久不衰,至今仍然葆有盎然的生命活力。

"寓言"一词,在我国最早见于《庄子》一书。自先秦时期开始,我国的寓言创作从未间断过。这种用讲故事的形式来说明某个道理(故事是其外壳,讲道理是其灵魂)的文学作品,以其特有的风貌和骄人成就令人瞩目。部类繁多、林林总总的寓言故事或借助某种自然现象对人类活动以此喻彼;或借助弦外之音表现对某种社会现象的认识;或借助其他的寄托手段表现对人类不同品德的理解、赞扬、批判和嘲讽,富有意味深长的教育、劝诫和警示意义。寓言的主人公可以是人物、动物,也可以是非生命物体。寓言多用象征比喻,尤其是拟人手法,借古喻今、借小喻大、借此喻彼、借物喻人,把一些不易被人所理解和不易被人所接受的道理、主张,寄托在通俗具体的故事之中,将讽刺、比喻的功能寄寓于这些意味深长、耐人寻味、发人深省的故事之中,充满智慧地表现思想又不失纯朴真挚,在生动活泼、情趣盎然的故事里糅合深刻的哲理、复杂的情感、丰富的生活经验和细致的人生感悟。这些故事以其独具的思想感染力和艺术穿透力给人以精神启迪和审美享受。

我国的古代寓言，从形式特征上看，大致有两种基本形式："先秦式"和"印度式"。"先秦式"寓言，往往在故事的开头或结尾没有那种哲理性结语或教训性、启发性话语，其鲜明的特点是叙事内容同哲理思辨、劝诫浑然一体，使哲理和教训自然地体现在主要形象或主人公的结局里。"印度式"寓言受到了佛教寓言的影响，往往在故事的开端或结尾，用一段教训式的话语点明寓言故事的主题思想。这一主题思想，有的是由作者直接说出，有的是借助主要形象或主人公说出，还有的是用短诗概括和总结出来的。因而，"印度式"寓言的结构，基本上是由两个部分构成的：虚拟的故事情节、教训式或哲理式的结语。

以上两种形式是我国古代寓言的常见样态，也是流传最广、影响最大的寓言形式。

我国先秦的诸子百家著作中，有许多就是优秀的寓言作品。例如《孟子》《庄子》《韩非子》《吕氏春秋》《战国策》等典籍，就包含了许多当时流行的寓言故事。许多精湛的寓言凝练成成语进入了全民语言，如"拔苗助长""滥竽充数""买椟还珠""守株待兔""自相矛盾""刻舟求剑""掩耳盗铃""画蛇添足""歧路亡羊""杯弓蛇影"，等等。这些源自寓言的成语，词语精练而音律谐调，意象鲜明而内涵深刻，具有极强的表现力。另外，我国各族人民在他们的生活实践中，还创作了大量优秀的寓言作品，长期在民间口耳相传着，同时在民间流传的还有大量的俚语笑话，其中也不乏好的寓言故事。

可以说，古代寓言是中国传统文化和民族智慧的一个重要组成部分。它不仅具有文学价值，而且具有丰厚的思想价值。中国人许多卓越的见识往往蕴藏在寓言之中，可以说不了解中国的寓言，就不能完整地认识中国文学，也不能深入地理解中国人的思想精华。

本书中搜集和编选的是流传于我国不同时期、不同地区、不同民族的古代寓言故事，力求尽量体例统一地把不同寓言体系中的主要寓言故事呈现给读者。

目　录
CONTENTS

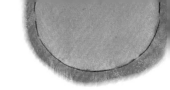

　　我国古代寓言故事塑造了许多形形色色的主人公形象：只信尺码不信脚的郑国人，拔苗助长的宋国人，画蛇添足的楚国人……这些主人公的行为十分滑稽可笑，然而他们犯下的错误却值得人们深思。

　　读一读这些寓言，想一想，如果你是故事里的主人公，你会怎么做呢？

东施效颦

有个叫西施的美女，她的姿色倾国倾城，但是她患有心口痛的病，经常双手摁着胸口，紧皱着眉头在街头走过。人们都觉得她的样子很好看。

邻家有个丑女名叫东施，看见西施的模样觉得很美，便也模仿西施，故意用双手摁住胸口，皱着眉头，在街市上走来走去。邻里的人看见她这个样子，就像看见了怪物一样，有的紧紧地关起大门不出去，有的带上妻子儿女躲得远远的。

这个丑女只知道西施皱着眉头美，却不知道西施皱着眉头为什么美啊！

（先秦《庄子》）

寓意提示：盲目模仿美好事物，结果适得其反。

智子疑邻

宋国有一个财主。有一天下起了大雨，雨水把他家的院墙冲垮了。

他的儿子说："不能再耽搁了，赶快把这院墙修好，不然，贼会进来偷东西的。"

邻居的一位老人也这样说："得赶快修好院墙，不然，贼会进来的。"

第二天，财主家果然失窃了。

那个人认为他儿子料事如神，却怀疑小偷就是曾经劝告过他的邻居老人。

（先秦《韩非子》）

寓意提示：如若罔顾事实，只凭关系的亲疏远近作为判断是非的标准，就会陷入主观臆测，最终得出错误的结论。

拔苗助长

古时候，宋国有一个农夫总嫌他的庄稼长得太慢。后来他灵机一动，想出一个办法，跑到地里将禾苗一棵一棵地拔高。他认为这样庄稼就可以长得快一些了。

拔完以后，他疲惫不堪地回到家，对家里人说："今天可把我累坏了，我帮助禾苗长高了一大截！"

家人听后很是吃惊。他儿子赶快跑到地里去查看，发现禾苗全都枯萎了，一棵也没有剩下。

（先秦《孟子》）

寓意提示：主观愿望不能脱离客观实际，否则好心也会办坏事。

引婴投江

有个人从江边经过，看见一个人正抱着一个婴儿要往江中扔，婴儿大声啼哭。这个人问那个人为什么这样做。那个人回答说："这孩子的父亲非常善于游泳。"

父亲善于游泳，儿子难道也善于游泳吗？用这种方法来处理事务，也一定是荒谬的。

（先秦《吕氏春秋》）

寓意提示：对不问实际情况、全凭想当然的做法做出了无情的嘲笑。

煮竹席

有个北方人来到南方。南方人煮竹笋给他吃。他不认识竹笋，问道："这是什么东西啊？味道很不错嘛！"南方人说："这是竹子。"

北方人回去后，就把床上的竹席拿去煮，却怎么也煮不烂。他用力去咬反而把嘴扎破了。他对妻子说："我上了南方人的当了。南方人真狡猾，竟然拿这件事情来欺骗我！"

（魏·邯郸淳《笑林》）

寓意提示：不同地域，风物各异，误解、误会在所难免。

邯郸学步

古时候，有一个人到邯郸去学习邯郸人走路。他在邯郸学了三个月，什么都没有学会。最后，他连自己原来的步法都忘记了，只好爬着回去了。

（先秦《庄子》）

寓意提示：取人之长是为了补己之短，不要妄自菲薄，盲目效法他人。

切不可赊

有一个乡下人，因非常吝啬而发家致富。他病重时，拖延着不断气，哀求妻子说："我一生苦心经营，六亲不认，贪财吝啬，得到了今天的财富。我死后，要剥下皮卖给皮匠，割下肉卖给屠户，刮了骨头卖给漆店。"直到妻子答应了，他才断气。死后过了半天，他又苏醒过来，叮嘱妻子说："如今世情浅薄，万万不能赊给他们！"

（明·冯梦龙《广笑府》）

寓意提示：吝啬上脑，贪婪入心，至死不改毫分。

哑巴说话

有个叫花子，假装哑巴，在街市上讨钱。他常常用手指着木碗，又指指自己的嘴巴，说："哑——哑——"

有一天，他拿了两文钱买酒，喝完了，说："再给我添点酒。"

酒家问他："你每次来都不会说话，今天为什么说起话来了？"

叫花子说："往日我没有钱，叫我怎么能说话？今天有了两个钱，自然就会说了。"

（清·石成金《笑得好》）

寓意提示：物欲横流，拜金盛行，富裕或者贫穷可以决定该人能否讲话发声。

钥匙尚在

从前，有个愚蠢的人进京参加考试。

他的皮口袋被小偷偷走了。他说："盗贼偷了我的皮口袋，但终究不能得到我皮口袋中的东西。"

有人问为什么，他回答说："钥匙还在我的衣带上，他用什么打开皮口袋？"

（唐·张鷟《朝野佥载》）

寓意提示：事物皆有主次之分、轻重之别，切记明辨区分。

好好先生

后汉时有个叫司马徽的，他从来不说别人的短处。同别人说话时，不管是好是坏，他通通称好。

有人问他是否平安？他回答："好。"

有人对他诉说儿子死了，他听了回答说："很好！"

妻子责骂他说："别人认为你有德行，才愿意把这事告诉你。为什么听到别人家儿子死了，你反而说很好呢？"

他回答说："像你所说的这些话，也很好呀！"

（明·冯梦龙《古今谭概》）

寓意提示：好坏不分、曲直不论，凡事从不发表不同见解，对任何事情都无原则赞同的人，在当今生活中也能见到。

腌蛋

甲和乙两个傻乎乎的人偶然吃到咸鸭蛋。

甲惊讶地说："我们平时吃的蛋很淡，这个蛋为什么独是咸的？"

乙说："我是极明白的人，幸亏你问的是我。这咸蛋就是咸鸭子生出来的。"

（清·石成金《笑得好》）

寓意提示：讽刺视听闭塞、孤陋寡闻而又自作聪明的人。

效岳游遨

潘岳年轻时长得美丽潇洒。每当他手持弹弓走在洛阳街上，妇女们遇见没有不手拉手地围在他左右的。左太冲长得很丑，也学着潘岳的扮相外出游玩。结果，那些又老又丑的女人们都起哄并向他吐口水。他既困窘又疲乏地逃了回来。

（南朝·宋·刘义庆《世说新语》）

寓意提示：一则男人版的《东施效颦》，讽刺不顾自身条件，对别人盲目模仿的人。

囫囵吞枣

有人说："梨对牙齿有益处，却损害脾脏；枣子对脾脏有好处，却损害牙齿。"

有一个傻乎乎的年轻人为这句话想了很久，猛然醒悟说："我如果吃梨，就只嚼不吞，那样不会损害我的脾脏；我如果吃枣子，就只吞不嚼，也就不会伤害我的牙齿了。"

旁边有一个爱开玩笑的人风趣地说："老弟呀，你这是将枣囫囵吞下去啊，真了不起嘛！"其他人都被逗得开怀大笑。

（宋·圆悟克勤《碧岩录》）

寓意提示：在学习上不能食而不化，对知识切忌不加分析和辨别地笼统接受。

吏人立誓

从前，有一个小吏贪赃枉法、罪孽深重，但是碰上大赦，没受到处罚。于是他赌咒说："以后若再受贿，用手接人家的钱，就长恶疮死掉！"

没过多久，有一个打官司的人，送他一笔贿金。这个小吏，因为赌了咒不敢用手接钱。他犹豫了一会儿，想出一个办法，说："我的手是不能再接别人的钱了，但我的靴筒还没有接受过钱呢！"

（明·冯梦龙《广笑府》）

寓意提示：贪墨成性，赌咒不灵。

宋人驯马

古时候，宋国有个自认为会驯马的人。他骑马赶路时，马不肯好好行走，他就把马杀死扔进河沟里。然后，他又驾上一匹马。这匹马又不好好行走，他就又把马杀掉扔进了河里。

就这样，他一连杀了多匹马，即使是素以使用威力驯服马匹的驯马能手造父也没有像他这样。

那个宋国人并没有学到造父驯马的技术和方法，学到的仅仅是在驯马时使用威力，这对驯驭马匹而言是没有什么用处的。

（先秦《吕氏春秋》）

寓意提示：无论待人还是处事，一味逞强施暴绝难达到好的效果。

对牛弹琴

古时候有一个叫公明仪的人。他时常夸耀自己的琴技非同寻常，甚至以为自己弹出的琴声连牛都能打动。

为了显示琴技，他走到一头正在低头吃草的老牛面前，挥动指头连着弹了几下琴弦。可是琴声不但没有打动老牛，而且连老牛身上的牛虻都没有吓走。

后来，这件事情成了人们谈话中的笑料。

（汉·牟子《牟子》）

寓意提示：教育不能选错对象，因材施教才能收到预期的效果。

写万字

有个暴发户财主，因为家里世代都不识字，现在有了钱了，就请个先生，来教他的儿子。

先生拿笔教那个财主的儿子写字。写一画，说："这是'一'字。"写两画，说："这是'二'字。"写三画，说："这是'三'字。"

财主的儿子，会写了这三个字，就扔开了先生的手，跑去和财主说："我已经完全明白，什么字都会写了，用不着再花钱请先生啦。"

财主听着儿子的话，就把先生辞退了。

过几天，财主要约一个姓万的亲戚来家吃饭，就叫儿子写一份请帖。

写了好半天，还不见写完。财主等不得，就跑去催他的儿子。

儿子生气地说："天下可以姓的姓名多得很，为什么他偏偏要姓'万'？我从早上起，写到现在，才写到五百画，还差九千多画没有写好哩。"

（明·冯梦龙《笑府》）

寓意提示：还没学到皮毛，就以为掌握了知识，办起事来一定会出错。

东食西宿

齐国有户人家，家中有个女儿。有两家男子同时前来求婚。东家的男子长得丑但很有钱，西家的男子长得俊美但很穷。

父母亲犹豫不决，便询问女儿的意愿，要她自己决定到底嫁给哪个求婚的人。

女儿沉思了一会儿，没有说话。

父亲怕女儿不好意思开口，就对女儿说："要是难以启齿，不便明说，就用袒露一只胳膊的方式，让我们知道你的意思。"

女儿便袒露出来两只胳膊。

父母亲感到奇怪，赶忙问其原因。

女儿说："我想在东家吃饭，在西家住宿。"

（汉·应劭《风俗通义》）

寓意提示：两头下注，贪利求全，是种极端自私的生活态度。

强取人衣

　　宋国有个名叫澄子的人，丢了一件黑色衣服，到路上去寻找。他看见一个妇女穿着一件黑色衣服，就拉住她不放，想把她的衣服拿过来。他说："刚才我丢了一件黑衣服。"

　　那妇女说："先生虽然丢了黑衣服，可我穿的这件衣服确实是我自己做的呀。"

　　澄子说："你还是赶快把你穿的衣服给我吧。我刚才丢掉的是件纺绸夹衣，你穿的不过是件黑布单衣。拿单衣换夹衣，难道不是便宜你了吗？"

（先秦《吕氏春秋》）

　　寓意提示：浑不讲理，巧取豪夺者的逻辑是：我说你的是我的，就一定是我的。

买椟还珠

有个楚国人，到郑国去卖他的宝珠。

他用名贵的木兰木做了一个盒子，用香料熏烤它，用各种玉石镶嵌装饰它，用五光十色的翡翠和羽毛衬托它，再把宝珠放在这瑰丽的盒子里。

有个郑国人买下了盒子，然后把装在里面的宝珠退还给卖主。

结果，那个楚国人卖出去的只是装宝珠的盒子，而不是那颗珍贵的宝珠。

那个郑国人的行为真是傻到了极点。

（先秦《韩非子》）

寓意提示：舍本逐末，取舍失当。

争雁

从前，有个人看见一只大雁在天空飞翔，打算拉弓射它，说："射下来后就煮着吃。"

弟弟听了他的话之后表示反对："鹅适合煮着吃，但大雁适合烤着吃。"

弟兄二人争执不休，便到社伯那里去评理。

社伯让他们把雁分为两半，一半煮着吃，一半烤着吃。

等他们俩再去找那只大雁时，大雁已经飞远了。

（明·刘元卿《贤奕编》）

寓意提示：不顾大局，用无谓的争论代替实际努力，就会错失良机，一事无成。

烧屋灭鼠

有一户人家不知道为什么，老鼠成群结队往他家里跑，把他家糟蹋得不成样子。

这家的主人花钱买猫捕鼠，但因养猫不得法，猫不捉老鼠。

他又设置了捕鼠夹，但是老鼠碰也不去碰它。

他又安放了毒鼠药，可是老鼠也不去吃它。

他虽然对老鼠恨之入骨，可对它们毫无办法。

他左思右想，认为要想把老鼠消灭掉，只有烧屋子了。

说到做到，他放了一把火把自己的房屋给烧了。

（明·宋濂《龙门子凝道记》）

寓意提示：因小失大，得不偿失。

守株待兔

  有个宋国的农夫在田里耕作。突然间，有只兔子飞奔而来，竟撞在田间的一株大树上，折断了脖子，倒地而死。这个农夫轻而易举地捡到了这只兔子。

  从此，这个农夫不再耕田，成天守在树旁，一门心思地想再次捡到兔子。

  兔子是不可能再次碰巧得到了，而他自己却因为这种愚蠢的行为被传为笑谈。

（先秦《韩非子》）

  寓意提示：抱着侥幸心理，死守着局部或偶发的经验坐等意外的收获，这种行为是非常愚蠢的。

贾胡买石

江宁有一个从西域来经商的胡人，看见人家案几上陈列着一块石头，想买下来。

胡人连续去了好几次，主人故意提高它的价格，没有卖。一天，主人把石头重新磨洗了一番，希望能再度抬高价格。

第二天，经商的胡人来了，吃惊地叹着气说："这本是件最珍贵的宝石，可惜现在已没什么用了！这宝石上原有十二个小孔，是按十二个时辰排列的。每到一个时辰，就会有一只红蜘蛛在小孔上结网，后网结成，前网就消失。这是个天然的日晷仪。现在有红蜘蛛的小孔都磨坏了，这石头还有什么用处呢？"说罢不再看一眼就走了。

（清·王士祯《香祖笔记》）

寓意提示：为了卖出高价而把珍宝琢磨成了废物，提示人们不要图小利而遭大损，以至于弄巧成拙，将好事变为坏事。

延陵砍马

从前，有一个叫延陵卓子的人，有一辆豪华的马车，车身上装饰着像野鸡羽毛一样的花纹。驾车的马身长八尺，浑身青苍；马嘴上套着交错的笼头、嚼口；马屁股上高悬着带刺的马鞭。

马要前进，延陵卓子就紧紧勒住那带嚼口的笼头，叫它不能前进半步；马要后退，延陵卓子就用带刺的马鞭猛抽，使它不能倒退一寸。

可怜那马前不能进，后不能退，不知道该怎么办才好，只得向旁边逃奔。

延陵卓子怒气冲天，飞身下车，手起刀落，一刀砍断了马脚。

驯马高手造父恰巧看到了延陵卓子砍马的情景，当时就泪如雨下，替那无辜的马伤心。

（先秦《韩非子》）

寓意提示：不懂装懂，刚愎自用，外行施暴，内行遭殃。

痴人聚奶

从前有一个婆罗门，家里很贫穷，只有一头母牛，一天能挤一斗奶，仅够养活自己。

他听说要是在十五日那天用饮食供养僧人沙门，就能获得大福德，于是不再挤牛奶了。他想，一个月后再挤，就能得到三斛奶，用这三斛奶就能供养那些沙门。

一个月满了，婆罗门邀请来许多沙门。大家到他家里坐下后，他就进去挤牛奶，但还是只挤得一斗奶。

这母牛虽然很久没有挤奶，挤出的奶却并不增多。大家都骂他："你这蠢人，为什么不天天挤，却要等一个月挤，希望能一次挤很多吗？"

（《杂譬喻经》）

寓意提示：做事应该持之以恒，不可间断；同时需要按照规律，不可臆断。

蠢人认兄

从前有一个人，相貌英俊，智慧聪明，家里又有很多钱财，世人没有不称赞他的。

当时，有一个愚蠢的人便对别人说："那是我哥哥。"之所以这样说，是因为那个人很有钱财，他要花钱的时候，就可以拿来用，因而叫人家哥哥。

后来，那个人向蠢人讨债，蠢人便说："你不是我哥哥。"

旁边的人感到奇怪，就问他："你这个蠢材，为什么要钱花的时候，就叫人家哥哥，人家向你讨债，你又说他不是你的哥哥？"

蠢人答道："我因为想得到他的钱财，才认他为哥哥。其实他并不是我的哥哥。他要向我讨债，我当然不能叫他哥哥了！"

在场的人听到这番话，没有一个不耻笑这个蠢人的。

(《百喻经》)

寓意提示：用人靠前，用不到靠后，非但是蠢，而且是坏。

锯竿进城

　　从前，有一个傻瓜拿着一根竹竿进城去办事情。竹竿太长了，竖着拿，城门不够高，进不去；横着拿，城门不够宽，还是进不去。

　　他想来想去，实在想不出办法，只好坐在城门口发呆。

　　这时候，一位老人走过来，问他为了什么事情发呆。他就把他的困境说了出来。老人说道："我虽然不是什么圣人，但年纪比你大，事情见得多了，见识自然也就比你多了。我告诉你一个好办法吧，你去拿一把锯子来，把竹竿锯短一些，不就可以拿进城去了吗？"

　　那个傻瓜觉得老人说得很有道理，就按照老人的办法把竹竿锯短了，还连忙向那个比他有见识的老人道谢。

（魏·邯郸淳《笑林》）

　　寓意提示：不知变通的人遇上自作聪明、好为人师的人，遂演化出一则世代流传的荒唐故事。

暴躁莽汉

从前，有一群人坐在屋子里闲聊。

当谈起某个人的时候，大家都称赞他德行极好，只是有两个缺点：一是喜欢发脾气；二是做事情莽撞急躁。

这时，那个人正好从门口经过，一听这话，火腾地上来了。他立即闯进屋里，抓住刚才说他缺点的那个人，动手就打。

旁边的人问他："你为什么打人？"

那个人回答说："我过去什么时候喜欢发脾气？什么时候莽撞急躁？这个人却说我爱发火，做事莽撞急躁，我不打他打谁啊？"

一旁的人说道："今天你这爱发火、莽撞急躁的缺点还显露得不够吗？为什么还怕别人说呢？"

（《杂宝藏经》）

寓意提示：人贵有自知之明，但偏偏有许多人看不到或者不承认自己的性格不足和行为缺陷。

疑心生鬼

有个生性愚笨、胆小如鼠的人。

有一次，他半夜里走在回家的路上。

白蒙蒙的月光照在身上，他身边的地上就投下了一个黑黝黝的影子。

他往前每走一步，那影子也跟着前进一步。

他低下头一看，看见身边有个黑黝黝的人形，不禁毛骨悚然、心惊肉跳，认为是一个小鬼紧紧地跟着他。

他越想越怕，又情不自禁地抬头上望，看见自己头上的头发飘了起来，他以为那是鬼的头发。

他不敢再慢步缓行，立刻撒腿奔跑起来。他气喘吁吁地往家里跑去。由于他跑得太急，喘不过气来，竟然把自己给憋死了。

（宋·吕本中《师友杂志》）

寓意提示：人死灯灭，鬼魅何来？千万不要无中生有，胡乱猜疑。

长见识

从前有个乡下人，有一天偶然来到京城，见一个人挨了鞭子，正拿着热马粪往自己背上涂。他就上前问道："这样做是为什么？"那人回答说："用热马粪涂一下，可以让伤口愈合得快，而且不会留下疤痕。"

于是，这乡下人把那人的话暗暗记在了心里。回到家后，他对家里人说："我这次进京，可真是长了不少见识，学了不少本事。"

家里人问他："你都长了些什么见识？"

这乡下人便高声对家奴叫道："快拿鞭子来，痛打我二百鞭！"

家奴害怕主人，不敢违抗命令，于是就狠狠抽了他二百鞭，抽得他满背流血。

这时，他又对家奴吆喝道："快拿热马粪来！给我涂在伤口上。这样好得快，也不会留下伤疤。"

接着，他对家里人说："你们懂不懂？这就是我所长的见识啊！"

（《杂譬喻经》）

寓意提示：死抠教条，食古不化，非但学不到知识，只能是徒增笑料。

迂公坐凳

从前，人们把说话办事太过愚钝的人称为迂公。

有这么一个迂公，家里有一张又低又矮的板凳，迂公每次坐它，总要在四个凳子腿的下面垫几块瓦片。

后来，迂公对垫凳子腿这事感到很不耐烦，便想出了一个自以为很好的办法。

他叫仆人把凳子搬到楼上去，以为到了高高的楼上，凳子腿就不会像原来那么低矮了。

可是迂公到楼上再坐那个凳子，还像原来那样低矮。

迂公生气地说："人们都说楼房很高，现在看来不是这个样子。这个板凳就是很好的见证。"

于是，迂公便叫仆人把家里的楼房拆了。

（明·浮白斋主人《雅谑》）

寓意提示：即使爬上山顶还是咬不到自己的鼻子，这与"水涨船高"是同一个道理。

荆人畏鬼

楚国有个非常怕鬼的人，听到干枯的树叶落地或者蛇鼠爬行的声音，都以为是鬼。

有个小偷知道这个情况后，就在晚上爬到他家的墙头偷看，并且装出鬼叫的声音。这个怕鬼的人被吓得连斜着眼睛瞄一下也不敢。小偷又照样装了四五次鬼叫的声音，然后钻进他的屋里，偷走了他家的全部财物。

有人欺骗他说："你家的财物实在是给鬼偷走了。"

他心里虽有点怀疑，暗中却也以为是鬼偷走了。

过了不久，丢失的东西在小偷家里被找出来了，然而他始终还是认为，这是鬼偷走后送给小偷的，并不相信那个人就是小偷。

（明·刘基《郁离子》）

寓意提示：人一旦中了迷信之邪，就会置事实于不顾，疑神疑鬼，有被坏人欺骗、利用和愚弄的危险。

郑人逃暑

有个郑国人怕热，跑到一棵树下乘凉。

太阳在空中移动，树影在地上移动，他也搬着自己的卧席随着树影挪动。

到了黄昏，他又把卧席放到大树底下。月亮在空中移动，树影也在地上移动，他又搬着卧席随着树影挪动。

结果，这个人被露水沾湿了身子。树影越移越远，他身上也越沾越湿了。他的身体因此受到了伤害。

这个人白天乘凉的办法很巧妙，但晚上还用同样办法乘凉就别提有多么笨拙了。

（汉·应劭《风俗通义》）

寓意提示：时间、境况都是不断发生变化的。如果总是一成不变地看待和处理问题，就会遭遇失败，甚至受到伤害。

郑人买鞋

郑国有一个人，想买一双鞋子，便事先依照自己的脚用尺子量好了尺码。

他在集市的鞋摊上选好了一双新鞋时，发现自己量好的尺码忘在家里了，便对卖鞋的人说："哎呀，我把量好的尺码忘在家里了，我得回家去把它拿来。"

卖鞋的人问："你为谁买鞋呀？"

郑人说："为我自己买鞋啊！"

卖鞋的人说："那么，你用脚试穿一下不就行了吗？何必回家去拿量好的尺码呢？"

郑人说："你别说了，我只相信尺码。"

郑人飞快地往家里赶，拿了尺码后一刻也不停留，又飞快地往集市里赶。但集市早已散了，他没有买到鞋子。

（先秦《韩非子》）

寓意提示：迷信教条、墨守成规、脱离实际的人是荒唐可笑的。

近视看匾

有甲乙两个人眼睛都近视，而各自夸耀自己的眼力比对方好。

正好村中有一个富人打算第二天在门上挂匾，于是这两人便相约第二天一道到富人家门前去看匾上的字，来验证各自的视力。但是，他们都担心自己看不见匾上的字，甲便在当天晚上派人打探匾上的字，而乙连匾上的小字都打听清楚了。

第二天，两个近视眼来到富人家门前，甲先用手指着门上说："大字写的是某某。"

乙也用手指着门上说："小字写的是某某。"

甲不相信乙能看得见小字，便请主人出来，指着门上问道："他讲得对吗？"

主人曰："错倒是没错，可是匾没有挂上，门上虚无一物，不知你们二位指的是什么？"

唉！几尺大的匾有没有挂上都没看清楚，几分大的字，近视眼怎么能远远地望见呢？听到人家说什么，自己也跟着说什么，这是两个近视眼大错特错的原因。

（清·崔东壁《崔东壁遗书》）

寓意提示：一切都要实事求是，掩饰缺陷不等于没有缺陷。

一叶障目

楚国有个人非常迂腐。他读古书《淮南方》时知道了螳螂捕捉蝉时会用一片树叶把自己遮蔽起来，就可以隐蔽形体使蝉看不到自己。于是，他便去寻找能够隐形的树叶。

他站在树下仰面朝上寻找着。只要看见螳螂攀着哪片树叶，他便把这片树叶摘下来，放到树下面的地上。可是，树下原先就有许多落叶，无法分清哪一片树叶是摘下来能够让自己隐形的。他就扫了好多树叶回去，一片一片地拿来挡在自己的脸前，一次又一次地向老婆发问："你看得见我吗？"

老婆开头总是回答："能看得见。"

后来，老婆被他打扰了一整天，已经厌烦极了。可是他仍然纠缠不休，就告诉他说："我看不见你了。"

这个人嘿嘿地笑了起来，异常高兴地带着这片树叶跑到街上，当着别人的面偷东西，结果被抓到县衙门里去了。

县官审问他，他便把此事的始末原原本本地说了一遍。县官听了大笑不止，没有治罪就把他释放了。

（魏·邯郸淳《笑林》）

寓意提示：做坏事的人总想着能有办法遮掩恶行，但是真相总是要暴露出来的。

鲁人造酒

　　从前中山国的人酿的酒味道醇厚，香气扑鼻。鲁国的人不会酿酒，为了能喝到美酒，就去中山国学习酿酒。中山人说："这是祖上传下来的秘方，不可以随便泄露给外人。"鲁国人见中山人不肯传授酿酒技艺，心想："那有什么难的？我自有办法造出好酒来。"

　　有一天，这位鲁国人到中山人家去喝酒。他乘酒酣之时没人注意，悄悄地溜进了中山人的厨房，偷偷拿走了酿酒用的酒糟。回到家后，这位鲁国人将偷回来的酒糟泡在自己酿造的酒里，心想："这酒用酒糟泡过之后，味道肯定和中山人酿的酒一样醇美。"

　　过了些天，他觉得酒泡得差不多了，就请邻居们品尝。邻居们喝了后，觉得有点儿像中山人酿的酒。于是，大家交口称赞："你真能干，居然能悟出中山人酿酒的技艺，真了不起！"这位鲁国人听了，沾沾自喜。

　　从这以后，这位鲁国人逢人就说："中山人自以为酿的酒味道醇美，自以为保守住酿酒的秘方，别人就酿不出好酒了，真是太自以为是了。我现在酿出的酒，同样香醇可口，绝不比中山人酿的酒差。谁要是不信的话，请到我这儿来品尝一下好了。"

　　为了能显示自己的酿酒技艺，他决定请中山人到家里做客。那位朋友如约前来。这位鲁国人十分得意地告诉客人，自己酿出的酒如何好喝，并捧出一坛酒来请这位中山人品尝。这位中山人喝了酒之后咂咂嘴说："这酒好像有一点我家酒糟的味道，根本喝不出什么好酒的醇香味道啊！"

（先秦《庄子》）

寓意提示：剽窃，模仿，并宣称自主研发，恶例古已有之。

婢女摔罐

很久以前，有一家的媳妇受到婆婆的责怪，一气之下跑进了森林，爬上一棵大树藏了起来。这树的下面是一个池塘，她人在树上，影子却倒映在池水中。

这时候，有一个婢女顶着罐子，到池塘边打水。她低头看见水中的影子，以为是自己的，端详了一会儿说："如今我的容貌变得这样端庄秀丽，干吗还要替人家拿着罐子打水？"

她就把罐子打破，返回家中，愤愤地对大家说："我如今的容貌这么漂亮，为什么还要让我去打水？"

大家一听乐了，说："这丫头怕是鬼迷心窍了，不然怎么会做出这种事来？"

主人也不跟她计较，就又拿出一个罐子，让她去打水。

这婢女到池塘边又见到那个影子，心里一气，就又把水罐给摔了。

这时，躲在树上的那个俊媳妇把一切都看在眼里，终于忍不住微微笑了。婢女正在生气，见水中的影子笑了，才猛然醒悟。她抬头一看，见树上有个女子正朝她微笑。

原来水中那秀丽的面容、华美的衣服都不是自己的，婢女羞愧得说不出话来。

（《大庄严论经》）

寓意提示：蠢人往往为假象所惑，从而迷失了真实的自我。

杞人忧天

古时候，有一个杞国人，整天忧虑有朝一日会天塌地陷，自己无处安身。他愁苦焦虑得吃不下饭，睡不着觉。

另有一个人，见他如此忧虑，为他担起心来，便去开导他说："天是积气而成的，漫无边际的大气，没有什么地方没有它。你整天生活在大气中，顺其自然、呼吸顺畅，为什么要忧虑它会倒塌呢？"这个人不相信地问："如果天真的是大气，那么日月星辰不都要掉下来了吗？"开导他的人说："日月星辰，不过是大气中光辉闪耀的一部分罢了，即使掉下来，也不会对人们有什么伤害的。"

这个杞国人觉得有道理，但还是担心地会塌陷，于是又问："那地陷了怎么办呢？"开导的人说："地是宽阔无垠的石块、泥土堆积而成的，它充斥四方，整个地域没有哪个地方没有泥土。你整天活动在广阔的土地上，随意走路、蹦跳，为什么忧虑它会塌陷呢？"

杞人听了，这才高兴地放下心来。开导的人见他解除了忧虑，也高兴地放了心。

（先秦《列子》）

寓意提示：毫无根据的忧虑没有任何实质上的必要。

卫人嫁女

卫国有个人，在他的女儿出嫁时教训她说："到了婆家，一定要多积攒私房钱。做人家的媳妇被遗弃回娘家，是常有的事。要想不被遗弃，夫妻白头偕老，是很难办到的。"

他的女儿到了婆家后，果然拼命积攒私房钱。婆婆嫌她私心太重，于是把她赶回了娘家。

这个女儿带回的钱财比出嫁时带去的嫁妆还要多出一倍。这位父亲非但不责怪女儿行为不当，反而觉得女儿聪明，认为这样可以为家中增加钱财，使家里过得更为富裕。

如今那些贪赃枉法、聚敛钱财的，正是和这个贪心父亲的行径一般无二！

（先秦《韩非子》）

寓意提示：通过婚嫁聚敛钱财、唯利是图、寡廉鲜耻的丑恶现象自古有之。

黄公谦卑

齐国有个叫黄公的人，为人以谦虚著称，但他时常会过度谦虚而让人感到很不舒服。

黄公有两个女儿都长得非常美丽。可是黄公却常常用谦卑的词语贬低她们，把她们说得十分丑陋。

于是，黄公女儿丑陋的说法越传越远。结果，两位姑娘早过了结婚的年龄，竟没有一个人前来提亲。

卫国有个男人，年纪不小了尚未成家。他鼓足勇气向黄公的长女提亲。娶回家一看，令他大喜过望，传说中十分丑陋的妻子竟是一个绝色美人。后来，他逢人便说："黄公太过谦虚，故意贬低女儿的容貌。现在看来，黄公的小女儿肯定也很漂亮。"

于是，许多人都争着下礼提亲。而黄公的小女儿果真美若天仙。

（先秦《尹文子》）

寓意提示：黄公的自谦不足效法。谦虚不等于虚假，不受名声束缚才能获得好处。

吝啬老人

古时候有一个老人，他没有子女，也没有亲戚朋友，但很有钱。这个老人十分吝啬，每日里早出晚归，忙忙碌碌地经营家业，多方积累钱财，从来没个知足。但他从不花费，过着粗茶淡饭的生活。

有一次，别人向他借钱，他很不情愿地走进房中拿出十个钱，可是在出来时每走几步就心疼地从手中拿出一个揣在怀中。等到了门外，他手里的钱就只剩下五个了。当他把钱交给借钱的人时，心疼得连眼睛都闭上了，口中还念念有词地不停叮嘱说："现在我把全部家业都拿来帮助你了，这件事你可千万不要告诉别人啊！不过说出去也没关系，再有人来借，我也真的没钱可以借给他了啊！"

没过多久，老人死了。他辛苦积蓄了一辈子的财产最后全都被官府收去了。

（魏·邯郸淳《笑林》）

寓意提示：钱财身外物，生带不来，死带不走。

车翻豆覆

隋朝时，有一个傻子用车拉着黑豆到京城去卖。

走到灞店，车子翻了，黑豆也全泼进了水中。那傻子便丢了车子，回到家中，打算喊家里人到水里捞黑豆。

哪知傻子走后，灞店的人已到水里把黑豆抢着捞走了，没有剩下一颗。等到傻子跑回来时，水里只有数千只蝌蚪相互跟随着游动。傻子以为是黑豆，准备下水捞取。

蝌蚪知道有人要来，一时间被惊得四散奔逃。

傻子感到很奇怪，感叹了半天，说："黑豆啊，纵然你装着不认识我，背着我跑走了；即使你突然长了尾巴，就不怕我仍认识你吗？！"

（隋·侯白《启颜录》）

寓意提示：此一时，彼一时，不拘泥于成见，必须随着事物发展变化而调整认知和观念。

画蛇添足

　　楚国有个贵族举行祭祀。为了感谢那些帮他做事的人，他拿出了一杯酒。

　　这些人议论说："人多酒少，应该想一个办法吧？"

　　后来商定每个人都在地上画一条蛇，谁先画好谁就喝这杯酒。

　　有一个人最先画完，拿过酒杯。他看别人还没画好，便说："我还可以给蛇添上几只脚呢！"

　　就在他给蛇添脚的时候，另一个人已经把蛇画完了，便夺过他手里的酒杯说："蛇本来没有脚，你怎么能给它添上脚呢？"

　　说完，他便拿起酒杯来喝。

（先秦《战国策》）

　　寓意提示：做事要目标明确，要求具体；不可头脑冲动，盲目乐观，以免被感觉蒙蔽而功败垂成。

假虎

狐狸老是骚扰一个居住在森林里的楚国人。那个人想尽办法也不能奈何狐狸。有人告诉他说："虎是百兽之王。天下的野兽见了虎都会吓得失魂落魄，只能趴在地上任其撕咬。"那个人便叫人做了一只蒙着虎皮的假老虎，把它放在自己家的窗户下面。

一天，狐狸走进来碰上了它，吓得惨叫一声，跌倒在地。

另一天，野猪在田里糟蹋庄稼。这个楚国人便叫人把假老虎放在田边的草木丛中，叫他儿子背着梭镖，在大路上等候捕捉野猪。看到野猪后，耕田的人们齐声叫喊。野猪便向田边的草丛中逃跑，遇到假虎又吓得转身向路上跑去，结果人们捉到了那只野猪。

这个楚国人非常高兴，认为假虎可以降服天下所有的野兽。

后来，野外出现了一只像马的动物。这个楚国人也顶着假虎向那只动物走去。有人阻止他说："这动物是一只驳啊，连真老虎都害怕它。你要去跟它斗，它会踢死你的。"

这个楚国人不听，直冲上前。驳不等他近身，飞起一脚，把他的五脏六腑全踢碎了。那个楚国人倒在地上气绝身亡了。

（明·刘基《郁离子》）

寓意提示：假象能够蒙骗一时一事，但真相总是要暴露出来的。

香油换臭水

从前，有一位老婆婆，背了一瓶香油在路上行走。她看见一棵果树，就摘下几个果子吃了。吃完，老婆婆感到口渴得厉害，便跑到井边讨些水喝。打水的人便给了她一些水。因为老婆婆刚才吃了果子，这会儿口中果味变得甘甜，所以她觉得那水十分甜美，味道简直像蜜糖。于是，她对打水的人说："我拿这瓶香油，来换你一瓶水吧。"

打水的人就照她说的，给她一瓶水，换走了她的香油。

老婆婆把这瓶水背了回去。到家后，原先口里那果子的甜味已经消失了。她取出水来喝，只尝到水的味道，再没有别的味了。

老婆婆立刻把家里人都叫来，让大家都尝一尝，看到底是什么味。大家尝了后，都说："这水有一股烂绳污泥味，腥臭难闻，叫人恶心。你怎么把这样的水带回家来了？"

老婆婆听大伙儿这么一说，又亲自取些来尝，果然像大家说的那样。

老婆婆后悔极了，说："我好糊涂啊！怎么拿上好的香油换了一瓶这样的臭水啊！"

（《大庄严论经》）

寓意提示：人之感知常常出错，耳闻目睹可能不实，嗅觉味觉也会错乱。

建三层楼

古时候，有个人家里十分富有，就是愚蠢得很，什么道理都不懂。

一天，他到另一个富人家去，见到一座三层楼房，高大华美、宽敞明亮，非常羡慕。他心想："我家的钱财不见得就比他家少，为什么以前不也造这样一座楼呢？"

于是，他把木匠叫来问道："你会不会建造他们家那样漂亮的楼房？"木匠说："那就是我设计建造的啊！"

这人就说："那好，现在你就为我按那种样子造座楼！"

当下，木匠就动手测量地基，和泥垒坯，忙着建起楼来。这个蠢人见木匠一层层地垒坯造屋，心里疑惑，不明白这到底是要干什么，就憋不住问道："你打算造什么样的楼呀？"木匠回答："当然是三层楼！"

蠢人忙说："我不想要下面那两层，现在你就给我造最上面的一层吧。"木匠回答说："没有这种事！哪有不先造最下面一层就造第二层楼的？不造第二层楼，又怎么能造第三层啊！"

这个蠢人坚持说："我今天就是不要下面那两层，你非得给我造最上面那层不可。"当时在场的人听了，笑得腰都直不起来了。

（《百喻经》）

寓意提示：无论做任何事情都必须打牢基础，层层递进；绝无可能虚构空想并急于求成。

秦士好古

秦朝有个读书人，好古成癖，不管价格多贵的古物，都要买下收藏。

一天，有人夹着一卷破席子登门，夸耀说："当年鲁哀公设席赐座询问孔子政事，我拿来的正是孔子所坐过的那张席子。"

这个人便用靠近外城的田地换下了这卷破席子。

过了几天，又有一个人拿了根拐杖来卖给他，宣称这是周文王的祖父太王当年为躲避敌人侵犯，率众离开时所持的手杖。论起年代，比孔子坐过的席子还要早上好几百年。这个人把家中的钱财尽数付给他。

几天后，又有人端着一只破碗对他说："您收的席子和手杖，都不算古。请看我带来的这只碗，这可是夏桀时造的，比周代早多了。"

这个人以为，这下可得着旷世稀有的古物了，于是出让自己所居住的宅院，买下这只碗。

三件宝贝到手了，可家里的财物田地都用完了，吃穿没有着落。因为喜好古物，他还舍不得这三件东西，于是就披上哀公之席，挂着太公的拐杖，拿着夏桀时造的碗，沿街乞讨，嘴里还不停地叫嚷着："列位供养衣食的乡亲父老，谁有姜太公的九府古钱，赏我一文吧！"

（宋·陈元靓《事林广记》）

寓意提示：食古不化，愚蒙至极。

杀子骗人

从前，有一个江湖术士。他吹嘘自己有很多学问，精通占星术，对于各种技艺，没有不会的，全都掌握了。倚仗这些才能，他很想显示一下自己的本领。于是，他就走到别的国家去，抱着自己的儿子大声哭泣。

有人问他："你究竟因为什么哭啊？"术士回答说："现在，我这个儿子在七天以后就要死了，可怜这个孩子才活了几岁就要离开人世，所以我哭。"

这时，有人说："人的寿命，很难事先知道，你也许是算错了。到了第七天的时候，他也可能不会死。你为什么要事先白白大哭一场呢？"术士回答："太阳和月亮都会暗淡无光，天上的星斗有时也会陨落。但是，我的看法和预言，是绝对不会有错误的！"

到了第七天，这个术士为了个人的名誉和利害，竟然把自己的儿子杀死了，以证明他自己说得对。当时，许多人都听说，他的儿子确实是在七天之后死了。大家都赞叹地说："这个人真是一个聪明而又有智慧的人，他的话一点儿都不错！"大家从心眼儿里佩服他，都来向他致敬。

这个术士，为了证明自己说得对，竟然用杀死儿子的办法来迷惑世人。

（《百喻经》）

寓意提示：欺世盗名，灭绝人性，既蠢又坏，蛇蝎心肠。

夫妇分饼

从前有一对夫妇，经常在一些吃喝小事上争执。

一次，家里烙了三张大饼，两人分着吃。他们每人先各吃了一张，还剩下一张。丈夫说"应该我吃"，妻子说"应该我吃"，不肯相让。争到最后，两人只好商订了一个条约：谁要先开口说话，就不给他（她）饼吃。

有了这个规矩，两人的嘴就像用针缝起来了一样，谁也不敢先言一声。

说来也巧，过了一会儿，有个窃贼溜进屋里偷东西。贼把家中值钱的东西拿了个一干二净。可因为有约在先，夫妇二人都眼睁睁地看着贼偷盗，就是不吭一声。

贼见他们都不言语，胆子越发大了，竟当着丈夫的面动手动脚地侮辱起妻子。而丈夫眼看着仍不作声。妻子实在急了，高声喊叫"有贼"，又朝丈夫嚷道："你这个蠢货！为了一块饼，竟看着自己老婆被人作践而一言不发！"

话音未落，丈夫连连拍手笑道："啊哈！这饼已经归我了，你吃不成了！"

（《百喻经》）

寓意提示：为了芝麻丢了西瓜。这种为谋小事而损失大局的蠢事，在现实生活中屡屡发生。

南辕北辙

  魏王想去攻打赵国的邯郸。季梁听到这个消息后，连忙从半路折回，衣服褶皱了也来不及烫洗弄平，满头的尘土也顾不得梳洗，匆匆忙忙去拜见魏王，告诉魏王说："这次我从外面回来，看到有一个人在大道上，正驾着车子向北走，告诉我说：'我要到楚国去。'我说：'你到楚国去，应该向南走，为什么向北走呢？'他说：'我的马快。'我说：'你的马虽然快，但这不是到楚国去的路呀！'他说：'我的路费多。'我说：'路费虽然多，但这不是通楚国去的路呀！'他说：'我的驾车人本领高超。'我说：'马越快，路费越多，驾车人的本事越高超，如果方向搞错了，那就离楚国越远啊！'"

  季梁接着说："如今，大王要想称霸天下，就必须取信于天下。若要倚仗着国土广大和军队精锐而去攻打邯郸，以扩充疆域，抬高声威，这种不合理的行动越多，距离统一天下、称霸为王的目标就越远。这正好比想要去楚国而向北走一样。"

（先秦《战国策》）

  寓意提示：行动和目的互相背离，方向完全相反，绝对达不到预期的设计。

庸人自扰

有位御史公性情多疑。起初，他买了永光寺的一个宅子，那地方比较空旷。他顾虑会有盗贼，夜里派了家里的几个奴仆，轮番打更敲梆子。

这位御史公还要防备家里奴仆工作懈怠，即使是寒冬腊月或湿热的盛夏，他都要手持蜡烛亲身巡察。

他禁不住这样的劳苦，又买了西河沿一处宅子。那个地方住房密密麻麻相连，他担心会发生火灾，每个房间里都安放了盛满水的大缸。到夜里，打更敲梆子进行巡视，跟在永光寺时一样。

他禁不住这样的劳苦，又买了虎坊桥东一处宅子，跟我的府邸只隔几家。他见到房屋庭院幽静深邃，又怀疑会有鬼魅。请和尚来念经放焰口，敲锣打鼓叮叮当当搞了好几天，说是要超度鬼魂；又请了道士设祭坛招天将，挂着符、念着咒，敲锣打鼓叮叮当当搞了好几天，说是驱逐狐妖。这所宅子本来没有什么异常，从此以后，鬼魅盛行起来，抛掷砖头瓦片，夜夜都睡不安宁。那些丫环保姆、奴仆用人，正好借这个机会干坏事，偷窃了各种器物，所遭受的损失简直无法计算。

（清·纪昀《阅微草堂笔记》）

寓意提示：疑神疑鬼、自私贪婪的性格，不但会使别人饱受折腾，也会给自己带来沉重的精神负担和财物损失。

瓮中人影

从前，有位长者的儿子新娶了媳妇，小两口儿互敬互爱，生活十分美满。

一天，丈夫对妻子说："你到厨房里打些葡萄酒来，咱们共饮几杯。"

妻子来到厨房，打开酒瓮，正要舀酒，忽然看见有个女子的身影在酒瓮里。她以为家里一定还有个年轻女子，非常生气，转身回到屋里对丈夫说："你本来就有个老婆，藏在酒瓮里，还把我娶来干什么？"

丈夫一听，立刻起身到厨房去看个究竟。他打开酒瓮，却看见了一个男子的身影，就返回来怒斥妻子，说她把一个男子藏在了瓮里。两人愤愤地相互指责，都嚷着说自己眼见的是事实。

有一位年轻人，跟这长者的儿子平素往来密切，情谊笃厚。这天，他来造访，正遇上小两口儿一声高一声低地争吵，就问是什么缘故。夫妻二人把各自所看见的说了一遍。

年轻人觉得有些蹊跷，就到厨房查看，结果从酒瓮里看见了一个男子的身影。他生气地对长者的儿子说："你已经有了个好朋友，见我来了，将他藏在酒瓮里，还装模作样地争吵什么啊？"

说完，就头也不回地走了。

不一会儿，又有个老太太来到了长者家。她听了夫妻二人争吵的原因，就也去打开酒瓮一看，却看到里面藏着个老太太，便也悻悻地离去。

没隔多久，有一个聪明人到厨房去看个究竟。他打开酒瓮，才明白里面是人影，于是感叹道："你们啊，以空为实、拿假当真，愚昧，真是愚昧！"

聪明人把夫妻俩都叫进厨房，说道："我能把瓮里的人给你们叫出来。"说罢搬来一块大石头，照着酒瓮就砸。瓮破了，酒也流完了，可连个人影也没见。

夫妻俩一下子明白过来了，原来这"瓮中人"就是自己的身影啊！小两口儿你看我，我看你，羞得面红耳赤。

（《杂譬喻经》）

寓意提示：都说耳听是虚，眼见为实；镜花水月，尽管亲眼所见，也是假的。

衣冠禽兽

齐国有个名叫西王须的人。他善于做海运生意，出入于扶南的许多城镇和顿逊的各族部落之中，贩运各种奇珍异宝，如玭瑰、颇藜、火齐、玛瑙等，白光熠熠不止。

有一天，海上一阵东风掀翻了船，他急忙抓住折断的桅杆，漂浮了很久，才侥幸上了岸。他穿着湿漉漉的衣服，在彝山北面的山谷里奔走。山谷幽暗，不见阳光，像常有大雨泼洒地面一般。

西王须自以为必死无疑，就寻找到一个山洞，准备自尽，只希望遗体不被乌鸦和老鹰啄食罢了。未入山洞，有只猩猩忽然从山洞走了出来，反复环顾，好像怜悯这个人，然后拿了大豆、萝卜、谷穗等食物，比画着让他吃。

西王须正饿得难忍，便津津有味地吃了下去。

山洞的右侧有个小洞，铺垫着许多鸟的羽毛，有一尺来厚，很温暖。猩猩把它让给了西王须，自己却睡在洞外，碰上寒冷的天气，也不顾惜自己。它的话语虽然和人不一样，但早晚咿咿呀呀地叫唤着，好像是在宽慰解劝。

就这样整整过了一年，猩猩也没有丝毫的懈怠。

有一天，海上突然开来了一条大船，正停泊在山脚下，猩猩便急急忙忙挟出西王须，送他登上船。

西王须登船一瞧，恰巧是自己的朋友。猩猩远望着大船，不忍离去。

西王须就对他的朋友说："我听说猩猩的血，可以染毡布，过上一百年也不会褪色。这只猩猩长得很肥大，刺死它可以得到一斗多血。为什么我们不登岸捕杀它呢？"

朋友听后大声斥骂:"它是一只野兽却十分像人,你虽然是个人,却十分像只野兽呀!你这种人不杀,留着有什么用?"于是,朋友用口袋装上石头,套在西王须的脖子上,把他推入海里淹死了。

(明·宋濂《燕书》)

寓意提示:兽救人而人欲杀兽,忘恩负义,恩将仇报,卑鄙下流,徒具人形。

同病相怜

有一位姓张的先生，家里添置了一张非常漂亮的床。床头有木雕的图案，床尾有好看的花纹。床摆在那里，为卧室增添了不少光彩。

张先生很想让别人看到这张床，因为那样会听到许多赞赏的话，而他特别喜欢听恭维话。于是，他决定通知亲朋好友来家里做客，好借此机会炫耀一下。可转念一想，似有不妥，因为家里来的都是客人，都在前厅接待，怎么能看到卧室里的床呢？

想来想去，张先生还真想出一个办法来，那就是装病。这样，凡是来探望的人，岂不是都要到卧室来坐一坐？如此，便可以达到目的了。

于是，张先生卧病在床，家里人遵嘱告之几位亲朋好友，说张先生有病，不能前去拜望，因十分想念亲友，希望他们有空过来坐坐。

第一位来看望张先生的是一位姓王的老朋友。

王先生刚巧新买了一双鞋，质地很好，样子也不错。于是，王先生穿着这双新鞋去张家拜访，也想趁机让张先生夸夸自己的新鞋。

王先生到了张府，被张家人引至卧室去见张先生。王先生问候过张先生，便退至坐凳旁，整襟坐下。为了让张先生看到自己的新鞋，故意把衣襟扯到一边，再把一只腿搭到另一只腿上，这样翘着腿，更容易让张先生看到鞋。

谁知道，两个人的注意力都放在自己身上，根本没注意到对方的变化。

这样坐了一会儿，张先生只好拍拍床，对王先生说："先生，请坐近一点儿，坐到床上来吧！这是我新添置的床，你看怎么样？"

王先生心领神会，立即边夸床好，边指着自己的鞋说："新的东西就是不一样。你看我这双新买的鞋，也不错吧？"

两人都怀着一样的心思，自然理解对方现在需要些什么。于是，两人着实把对方胡乱地吹捧了一通。

（先秦《吴越春秋》）

寓意提示：有着相同遭遇的人需要互相同情、彼此援助。

02

　　中国古代寓言故事常常把一些不易被人所接受的道理、主张，寄托在通俗具体的故事之中，有些通过故事表明自己的观点，有些通过故事阐述一个道理。阅读这些故事，能给我们带来很多思考与智慧。

阿豺折箭

吐谷浑族的首领阿豺有二十个儿子。阿豺对他的儿子们说："你们每个人给我献上一支箭来。"二十个儿子每人献上一支箭。他接过箭，放在了地上。

过了一会儿，他的同胞弟弟慕利延来了。阿豺就对慕利延说："你拿一支箭去折断它。"慕利延照办了。阿豺又指着剩下的十九支箭说："你把这十九支箭同时折断。"慕利延没有办法折断。

（北齐·魏收《魏书》）

寓言提示：单丝不成线，独木不成林。人心齐，泰山移，团结起来力量大。

依图寻马

齐景公喜欢骏马，就叫画师画了图形，然后按照图形去寻求。他用高达一百辆车子、四百匹马的价值，花了整整一年的时间也没有得到。

这是什么原因呢？因为图形超越了实际啊。

现在，如果喜欢贤人的君主，考求古书的记载，根据它来访求贤人，即使一百年，也是不可能得到的。

（前秦·符朗《符子》）

寓意提示：做任何事情都应从实际出发，凭借想象虚构的模式往往是错的。

白丝染色

墨子看见人染丝，感叹地说："雪白的蚕丝放入青色的染缸，变成了青色；放入黄色的染缸，变成黄色。染料的颜色改变了，蚕丝的颜色也随着改变。蚕丝染了五次，而它的颜色也改变了五次。因此，染丝的时候，不能不小心谨慎啊！"

不仅仅染丝如此，做人治国的情况也是这样的啊！

（先秦《墨子》）

寓意提示：近朱赤，近墨黑，丝色尽染，社会环境影响人的成长。

金翅鸟

齐景公对晏婴说："我现在拥有的宝贝要用上千辆车来装，几万匹马来拉。我还想得到悬黎美玉，聚集金玉宝物，你看我还能得到吗？这样做怎么样？"

晏婴说："我听说有一种鸟，名叫金翅，人们也叫它羽豪。这种鸟只吃龙肺，只喝凤血。因此，常常吃不饱；也常因喝不够而干渴。生下来没多久，本该活的寿命都没活到就短命而死。"

（前秦·符朗《符子》）

寓意提示：统治者若一味搜罗珍宝、穷奢极欲，迟早都会反受其害，促短寿命的。

曲高和寡

有人在楚国的都城郢地唱歌。开始唱《下里巴人》时，都城里面聚在一起跟着他唱的有好几千人；接着唱《阳阿》《薤露》时，跟着唱的还有数百人；随后又唱《阳春白雪》时，跟着唱的就只有几十个人了；等他唱起音调多变、悠扬婉转的高深歌曲时，能跟着唱的不过几个人而已。

这就是说，他唱的曲越高深，调越复杂，能和他一起唱的人就越少了。

（先秦《楚辞》）

寓意提示：曲调越高，知音越少；品质高洁，反倒难以被人理解。

刻舟求剑

楚国有个人乘船渡江时，他的剑从船上掉进了水里。这个人急忙在船边刻了一个记号，说："这是我的剑掉下去的地方。"等到船靠岸以后，他就从刻记号的地方跳进水里去找剑，结果一无所获。

船已经移动了，而掉下去的剑却没有动地方。像这个人这样去找剑，岂不是糊涂透顶吗？

（先秦《吕氏春秋》）

寓意提示：固守主观经验而不顾客观条件的变化，死守教条不能根据实际情况处理问题，必然遭遇失败。

每夕见明月

夜晚常常看到明月，我自以为跟它很熟悉。

我问明月："可认识我？"

它回答："没有记忆。茫茫如此大世界，谁知众人有几亿？除非是英雄豪杰，或许看到能知你。像你等这样的人，没见创造啥奇迹。若要一一认清楚，那得需要啥眼力？神龙飞腾九霄间，蝼蚁对它常作揖。礼多似乎必有还，哪知物微谁注意！"

（清·赵翼《瓯北诗集》）

寓意提示：人要志向远大，不能庸碌无为。

驳象虎疑

齐桓公一次骑着马外出，老虎看见便趴在地上。

桓公问管仲说："今天我骑马外出，老虎看见我不敢动，这是什么原因呢？"

管仲回答说："我想您一定是骑着一匹杂色骏马迎着太阳奔跑吧？"

桓公说："是这样。"

管仲回答说："这种马形状很像驳，驳是能吃老虎、豹子的，所以老虎被吓住了。"

（先秦《管子》）

寓意提示：不要被表面现象迷惑，要认识和把握事物的本质属性。

煮豆燃萁

魏文帝曹丕曾经命令他的弟弟东阿王曹植在七步内作成一首诗；如果作不出就杀头。

曹植马上作出一首诗："煮豆燃豆萁，豆在釜中泣。本是同根生，相煎何太急？"意思是煮烂豆子做汤，过滤豆壳成豆汁。豆萁在锅下烧，豆在锅中哭泣。本是一条根上生，何必逼得如此急！

曹丕听后，脸上露出惭愧之色。

（南朝·宋·刘义庆《世说新语》）

寓意提示：血肉相戕，兄弟互残，本是同根，相煎何急。

学皆不精

项羽小时候，写字、认字还没学好，就放弃了；又学习剑术，也没有学好。

叔父项梁对他大怒。项羽说："写字，可以记录姓名就可以了；剑，只能抵挡一个人，不值得学。我要学习抵挡万人的策略。"于是，项梁教项羽学兵法。

项羽很高兴，但略知一二又不肯学了。

（汉·司马迁《史记》）

寓意提示：空有大志而无恒心，不肯刻苦学习、精益求精，是不可能取得成功的。

臭味相投

有个人身上的狐臭味很浓，难闻得连他的父母、兄弟、妻子、朋友都不能和他在一起相处。他非常痛苦，就躲到湖泽里居住。

可是，湖泽里偏偏有人非常喜欢闻他身上的狐臭味，日夜追随着他而不肯离去。

（先秦《吕氏春秋》）

寓意提示：正所谓萝卜白菜，各有喜爱，真应了"物以类聚、人以群分"的说法。

楚人涉滩

楚国人想要攻打宋国，派人事先测量滩水的深浅并竖立标志。

不久，滩水突然上涨，楚国人不知道，依然按照原先的标志在黑夜渡河，结果淹死了数千人。楚军惊恐万状，溃不成军，就像都市里的房屋倒塌一样。

原先竖立标志的时候本是可以涉水过河的，如今河水暴涨，情况已经发生变化，楚国人还是按着原来的标志过河，这就是他们失败的原因。

（先秦《吕氏春秋》）

寓意提示：要随着事物的发展变化而调整自己的认知标准，否则就会造成灾难性的后果。

弈秋诲弈

下棋在众技艺中，只是一种小技巧，但不专心致志，就没法学会。弈秋，是全国最善于下棋的人。弈秋同时教两个人下棋，其中一个人专心致志地学习、全神贯注地听讲；另一个人虽然也坐在弈秋面前，但心里老想着会有天鹅飞来，想着张弓搭箭去射它。

这个人虽说是和前一个人一起学习，但远不及前一个人学得好。是因为这个人赶不上前一个人聪明吗？实际上不是这样的。

（先秦《孟子》）

寓意提示：学习技艺必须专心。在学习过程中三心二意的人，没法取得很快的进步。

弓箭相依

有个人自夸他的弓说："我的弓特好，打猎不用箭射！"

另一个人自夸他的箭说："我的箭特好，打猎不用弓！"

这时，恰好神射手后羿从旁边走过，听到他们所讲的话，就告诉他们说："你们所说的都不正确。没有弓，怎么能把箭射出去？没有箭，又怎么能射中靶子啊？射箭离开了弓和箭都不行。"

说着，后羿叫他们把弓和箭合在一起，然后教他们射箭。

（先秦《胡非子》）

寓意提示：同道合作必须相互协调，通力协作才能发挥最好的效用。

道见桑妇

晋文公准备出兵攻打卫国。他的儿子锄对天大笑，晋文公问他为什么要发笑。他的儿子说："我笑我的邻居。有一天他送他妻子去大姨家，在路上遇到一位采桑的妇人，觉得她长得很动人，便嬉笑着去与她调笑，但当他回头看他妻子时，发现也有人在勾引她。我私下对这件事感到可笑。"

晋文公领悟到这番话的含义，便放弃了进攻卫国的念头，领着晋国的军队返回。还没有回到原地，就碰上了敌国来侵犯晋国北方的边境。

（先秦《列子》）

寓意提示：每临事当瞻前顾后，切忌顾此失彼。处理问题只有全面审慎，方不至于有失。

公输削鹊

公输班用竹子和木头雕了一只喜鹊。他让这只喜鹊凌空高飞，飞了三天也不落下来。公输班认为他雕成的喜鹊应该是天下最巧妙的东西。

墨子对公输班说："你雕成的这只能飞的喜鹊，还不如木匠做的车轴头上的插销。木匠一会儿就削成个三寸大小的插销，还能使车轮承受五十石重的压力，可以搬运货物。所以我们所做的东西，对人有利的才叫作巧，对人没有好处那就谈不上什么巧。"

（先秦《墨子》）

寓意提示：在墨家看来，衡量技艺好坏，要看其是否具有使用功能。

断席绝交

管宁和华歆一起在园中锄地种菜，看见土里有一块金子。管宁像对待瓦片石块一样，看也不看一眼，继续挥动锄头。华歆却把金子捡起来看了看，然后才扔到一边去。

又一次，他俩坐在一张席子上读书，有人乘坐官车、戴着官帽从门外经过。管宁照样安心读书，华歆却丢下书，跑出门外去看热闹。

管宁就用刀割断席子，与华歆分开坐，并对他说："你不是我的朋友。"

（南朝·宋·刘义庆《世说新语》）

寓意提示：道不同不相为谋，理念相左的朋友之间会断绝交往。

螳臂当车

齐庄公乘车出外去狩猎，有一只螳螂举起臂，想凭它的臂力挡住车轮。

齐庄公问："这是什么虫子？"

车夫回答道："这是一只螳螂。这种虫子只知道前进，不知道退却。"

齐庄公说："它如果是人的话，一定是天下最勇敢的人了。"

于是，齐庄公叫车夫倒转车轮，绕开了螳螂。

但是，那只螳螂不知好歹，又蹦到齐庄公的车前继续挡道。

最后，它死在了车轮下边。

（汉·刘安《淮南子》）

寓意提示：缺乏自知之明、做事不自量力的人，注定只有死路一条。

精卫填海

发鸠山上，生长着茂密的柘树。那里栖息着一只奇特的鸟，它外形像乌鸦，头上有漂亮的花纹，白白的嘴巴、红红的双脚，名叫精卫。它的叫声像是在呼唤自己的名字。

精卫本是炎帝的小女儿，名叫女娃。一天，女娃到波涛汹涌的东海游泳，不幸沉入海底，再也没回来，因此变成了这只精卫鸟。它长年累月地口衔西山上的小枝条、小石子，决意要把那一望无际的东海填平。

（秦汉《山海经》）

寓意提示：这则寓言告诉我们做事情要不畏艰苦，勤奋不止；不达目的，誓不罢休。

两虎相斗

两只老虎抓到一个人，为了争吃人肉，正在激烈地互相撕咬。一位猎人见此情景，拔剑要上去刺死它们。

旁边另一个人连忙拉住他的手说："老虎是凶猛的野兽，爱吃人肉。现在那人已经死了，两只老虎为了争吃人肉，正在疯狂地搏斗。过不了多久，必定是一死一伤。那时，你再去刺杀那只受伤的老虎，根本不用费大力气，一剑就可以杀死它。"

（先秦《战国策》）

寓意提示：善于利用对手的内部矛盾，可以取得事半功倍的效果。

炳烛之明

晋平公询问师旷说："我今年七十岁了，想再学习，恐怕为时已经晚了。"

师旷说："你为什么不点燃蜡烛来照明呢？"

晋平公说："做臣子的哪里能戏弄他的国君呢？"

师旷说："盲臣哪里敢和国君开玩笑呀！臣听说，少年而好学习，像早晨温和的太阳；壮年而好学习，像中午的太阳光；老年而好学习，像点燃了蜡烛照起的亮光。点燃了蜡烛照起亮光，还有谁会在昏暗中行走呢？"

晋平公听后说："好极了！"

（汉·刘向《说苑》）

寓意提示：告诫人们，学习不分老少。不断学习，永远受益。

借光

姑娘们聚在一处做女工。为了省油，规定每个人都必须带一定的灯油，这样方便聚在屋子里干活。

有一个姑娘家里很穷，买不起灯油，便经常混在姑娘们中间也来做活儿。大家看她总是不带灯油来，就想要把她赶走。

那穷姑娘说："我因为没有灯油，所以每天都先来打扫房子，安排座位，让你们舒舒服服地干活儿。你们为什么吝啬这么一点灯光呢？灯光亮堂堂的满屋子都是，为什么不肯让我借借光呢？灯光下多我一人和少我一人也没什么两样，难道不是这样吗？"

姑娘们越听越惭愧，觉得穷姑娘值得同情，便不再赶她走了。

（先秦《战国策》）

寓意提示：人际交往，能为他人济困，对于自己也是很好的事情。

齐人有好猎者

　　齐国有个爱好打猎的人，荒废了很长时日也没有猎到野兽。在家愧对家人，在外愧对邻里朋友。

　　他考虑打不到猎物，是因为狗不好。他想弄条好狗，但家里穷没有钱。于是，他就回家努力耕田，努力耕田家里就富了；家里富了就有钱来买好狗；有了好狗，就屡屡打到野兽。打猎的收获，常常超过别人。

　　不只是打猎如此，任何事都是这样。

（先秦《吕氏春秋》）

　　寓意提示：事物之间有着相互联系的，把握精当可举一反三，事半功倍。

夸父逐日

　　夸父追赶着太阳，在太阳落山的地方终于追上了它。夸父口渴难忍，就到黄河、渭河去喝水。他把这两条大河喝干了，还不解渴，又向北方的大湖泊跑去。可还没有到达目的地，他就渴死在半路上。他的一根长长的拐棍丢在地上，变成一片硕果累累的桃树林。

（秦汉《山海经》）

　　寓意提示：征服自然，锲而不舍，意志坚毅，死而后已。

百发百中

　　楚国人养由基是一个神箭手，远近闻名。他站在离柳树百步远的地方射柳叶，百发百中。围观的人都拍手叫好。

　　有个过路人说："你射箭的基础的确很好，可以接受射箭的教育了。"

　　养由基说："大家都说我射箭的技术很高明，你却说我可以接受射箭教育，你为什么不代替我射柳叶看看呢？"

　　那人回答说："我不能够教你左手怎样挽弓、右手怎样搭箭，但我懂得一个道理——你虽然百步射柳，连发连中，但如果不懂得养精蓄锐、保持体力的话，要不了多久，就会筋疲力尽，弓不正、箭偏斜，一发也射不中，只好前功尽弃了。"

（先秦《战国策》）

寓意提示：保持高超的技艺，须以强健的身体作为依靠。

利斧削灰

古时候，在郢那个地方有一个人，干活儿的时候一不留神鼻子上沾了苍蝇般大小的白灰，他便请石匠用斧子把白灰砍下来。

石匠挥起斧头，嗖的一下子，正好把那人鼻子上的白灰完全砍去，一点也没有伤着鼻子。那人站在那儿从容自若，浑然无事。

周围的人看了，都感到不可思议。

后来，宋国国王听到了这件事，特地召石匠进宫，命令石匠表演用斧子砍石灰。石匠说："大王啊，我的本领倒还没有丢掉，但我的那位朋友死了。没有人能再和我配合，我的本领是没办法显露了。"

（先秦《庄子》）

寓意提示：好的表演效果得力于参加者的默契配合。

童子拾樵

迂夫看见一群小孩在路上拾柴火，并相互约定说："见到柴火，谁先喊就归谁得，后喊的人不能争抢。"孩子们都说："好！"

然后，他们向前行去。路上他们一边说笑，一边嬉闹，十分欢快。

不一会儿，他们突然发现路上横着一根草，其中一个孩子先喊了声，但其他的孩子也都跟来争抢，于是他们相互斗打起来，有的孩子还被打伤了。

迂夫见了，十分恐慌，连忙回到家中，感叹道："唉，天下比一棵小草更大的利益多得很。我不知戒备，每日与人交往，依仗着关系融洽而相信别人的许诺。一旦出现先喊一声然后打斗起来的事情，能不被别人伤害吗？"

（宋·司马光《司马温公文集》）

寓意提示：没有利害冲突时，人们能够亲密相处；一旦遇到利益诱惑，便能立刻反目，此乃普遍的人性弱点。

小儿不畏虎

四川的忠、万、云安等地有很多老虎。

有一个妇人，白天将两个孩子放在沙滩上玩耍，而自己则去水边洗衣裳。老虎突然从山上跑了下来，妇人慌慌张张地跳进水里去躲避，但两个小孩仍然在沙滩上嬉戏，像没事一样。

老虎在小孩跟前仔细观察了很长时间，甚至还用头去接触他们，大概是想使他们惧怕。哪知小孩不懂事，竟也不知惊怪，老虎最后也就只好走开了。

想那老虎吃人，一定要对人施以威风。但如果碰上不害怕它的人，它的威风也就无从施加了。

（宋·苏轼《东坡全集》）

寓意提示：面对恶势力，不惧淫威，镇静应对才是正确的抉择。

急不相弃

华歆和王朗共同乘船逃难。有一个人想依靠他们一起逃走，华歆立即拒绝了他。

王朗说："正好船上还相当宽裕，为什么要拒绝人家呢？"

后来盗贼追赶来了，王朗想丢掉刚才的那个人。

这时，华歆说："当初我之所以拒绝，就是因为情况紧急。既然已经答应了他的要求，难道能够因为情况的紧急而把他丢弃吗？"于是，他们就像当初一样继续携带着那个人一起逃难了。

世人便拿这件事来评定华歆、王朗道德的优劣。

（南朝·宋·刘义庆《世说新语》）

寓意提示：这则寓言告诫人们：言必信，行必果。兑现承诺，始终不变。

大鱼上钩

卫国有一个名叫子思的人。一天，他看见一个卫国人在黄河里钓到了一条特别大的鱼，大得连车都装不下。

子思问那个钓鱼人："这样大的鱼是很难钓到的，你是怎么钓上来的？"

那人回答说："我开始下钩的时候，是用一条小鱼作钓饵，大鱼游过时，连看都不看一眼，摇头摆尾地就游过去了。后来，我换上一大块肉作钓饵，大鱼游过来，立即吞下了钩，就这样被我钓上来了。"

子思听了，感叹地说："大鱼难钓，却禁不住大块肉的引诱。有些人很有才学，但因为贪图荣华富贵而使自己身败名裂啊！"

（先秦《庄子》）

寓意提示：树立远大的抱负，舍得付出精力，才能成就大业；目光短浅，缩手缩脚，终会一事无成。

画龙点睛

　　相传南北朝时期，南朝梁有个著名的画家，名叫张僧繇，他擅长人物画、风俗画和龙。梁武帝曾命他在金陵安乐寺的墙壁上画画，装饰佛寺。张僧繇画了许多佛像和宗教故事画，还在四面墙壁上画了四条龙，全像活龙一样，但没点上眼睛。前来观看的人都觉得有点奇怪，问他为何不点上眼睛，是疏忽了吗？

　　张僧繇说："点上眼睛，龙就会飞走。"人们当然不信，一定要他试一试。

　　于是，张僧繇答应了这个要求，给其中的两条龙点上了眼睛。突然，天空乌云密布，雷电大作，那两条点上眼睛的龙腾空而起，飞上天去了。两条未点上眼睛的龙还在。

（唐·张彦远《历代名画记》）

　　寓意提示：作文、讲话在关键处用精辟词句点出题旨，使之更加生动有力、精辟传神。

向阴背阳

从前有一个人，凡是遇到新奇不解的事，总要问个究竟，弄个清楚。

有一次，这人在荒无人烟的旷野上行走，半路碰到了一个恶鬼。他无法逃脱，结果被恶鬼捉住了。这个人一看被恶鬼拿住，心里认定："今天我是非死不可了。"

他猛然发现那恶鬼前胸白，后背黑，觉得十分奇怪，就向恶鬼问道："你的身体为什么前胸是白的，而后背是黑的？"

那恶鬼回答说："我生性不喜欢阳光，经常背日而行，所以前胸白、后背黑。"

走路人听了恶鬼的话，仔细思想，明白了其中的道理。他猛地挣脱恶鬼的手，面向阳光跑去。

恶鬼返身来追，可它只会背光行走，对着阳光却看不见那人的身影。走路人因此得以逃脱，没有被恶鬼吃掉。

（《法苑珠林》）

寓意提示：从来邪恶压不倒正义，黑暗敌不过光明。

伯乐识骥

有一匹老马已经很衰弱了，仍拉着盐车在大路上汗流浃背地行走。它的四肢伸得直直的，膝盖老是打战，嘴角吐着白沫。上坡的时候，它进一步，退两步，真是寸步难行。

这时候，伯乐正乘车从这里经过，看见了这匹老马，忙跳下车来，抚摸着它的身体，放声痛哭起来："这是一匹千里马呀，竟被用来拉盐车，被折磨成如此模样！"

伯乐脱下自己的衣服，盖在千里马身上。

千里马低下头，喷了一口气，又高高地仰起头长嘶一声。它的声音嘹亮，响彻云天。

伯乐长叹道："咱俩虽然有缘相见，但你已老得不能行走了啊！"

（先秦《战国策》）

寓意提示：奔驰绝尘的稀世瑰宝千里马被用来负重拉车，阐发的是对怀才不遇者的同情，同时呼吁人们知才善用。

淮北蜂与江南蟹

淮北的马蜂毒性很大，尤其是尾部的毒刺能蜇死人。

江南的螃蟹很厉害，它的螯钳可与老虎交锋。

但是，提取蜂蛹的人不用与马蜂相斗就可获取，也没听说过捕捉螃蟹的人为捉蟹而使手指受伤流血的。

马蜂的窝儿一般建在土堆、树木或石头上，捕蜂人跟随蜂子的行迹找到它们的窝。到了夜晚，捕蜂人就点燃明亮的火把去蜂窝所在的地方。马蜂见了火把，倾巢而出，一齐扑向火焰，最后都被烧死了。于是，捕蜂的人就将蜂蛹连同蜂房一起割取下来。

螃蟹一般待在蒲草或苇草里。捕蟹人在水边点上一盏灯，螃蟹就都连忙爬了过来。于是，捕蟹人弯下腰去就可将它们全部提起来。

只知道跑向有火光的地方，却不安居其所。所以，它们的死也就是很自然的事了。

（宋·姚镕《三说》）

寓意提示：霸道之人原本强悍，但只要了解和掌握了他们的弱点，就能将其轻松制服。

惊弓之鸟

从前，射箭能手更赢和魏王一起，站在一个高台下面。

更赢抬头看见鸟儿在天空飞翔，便对魏王说："大王您看，我只要拉一下空弓，飞鸟就会应声落下。"

魏王说："射箭的技术竟可高达这种地步吗？"更赢回答说："可以。"

过了一会儿，一只孤雁从东方飞来。更赢对空虚发一弓，大雁翻身掉下。

魏王惊奇地说："多好的技术啊！怎么能达到这种地步呢？"

更赢解释说："这只雁身上有伤。"

魏王问："先生怎么知道它受了伤？"

更赢回答说："它飞得慢，叫得悲。飞得慢，正说明旧疮发痛；叫声悲，正说明离群已久。它旧伤未好，余悸犹在，所以一听到弓响，便拼命高飞，以致旧伤复裂，掉落下来。"

（先秦《战国策》）

寓意提示：劝谏当政者不可任用败军之将，也用以比喻受过惊吓而心有余悸的人。

望洋兴叹

河伯是黄河之神。他看到黄河之水滚滚而来，大浪滔天、气势雄壮，无数支流齐汇在一起，河面宽得看不清对岸的牛马。

于是，河伯就扬扬自得起来，骄傲地认为自己非常了不起。

河伯顺着水流向东走去，一直来到北海。他向东一望，一片辽阔的大海，看不见水的边际。面对辽阔无际的大海，河伯才意识到自己太渺小了。他仰望着海洋，发出了这样的感慨："有的人懂得一点道理，就目空一切，认为自己了不起。我就是这种可笑的人。曾听说有人嫌孔子的学问太少，还有人瞧不起伯夷的大义。起初我对此还不太相信，今天我亲眼看到大海的浩瀚无边，才知道自己往日的见闻实在太浅陋啊！要是我不到这里来，我还会自以为了不起，那样的话，我将会永远受到明理之人的笑话啊！"

（先秦《庄子》）

寓意提示：世界博大，自身渺小，求知之时也同步开阔了眼界。

未尝一遇

有一个住在周地的人，一心想做官，但总是碰不到机会。

几十年过去了，他的胡子都白了，还没有当上官。他觉得委屈，便坐在路上放声大哭。有人问他为什么如此伤心？

他回答："我求官，屡次没有遇上机会。现在我年纪大了，再也没有机会做官了，所以才痛哭啊！"

那人说："你求官为什么没有遇到一次机会呢？"

他回答："我年轻的时候，学习文事，学好了要去求官，但当时的君主却喜欢任用年老的人。等到喜欢用老年人的君主死了，继位的君主又喜欢武功。我就改变主意，弃文学武，可是武艺刚学好，喜好武功的君主却去世了。现在在位的青年君主，喜欢任用年轻人，而我却已经年岁太老了啊！因此，我没有碰上一次好机会。"

（汉·张衡《论衡》）

寓意提示：人世沉浮，重在机遇。时不再来，空叹蹉跎。

亡羊补牢

古时候有一个人，养了几只羊。

一天早上，他去放羊，发现少了一只。原来羊圈破了个窟窿，晚上，狼钻进窟窿把羊叼走了。

邻居劝告他说："赶快把羊圈修一修，堵上那个窟窿吧。"

他说："羊已经丢了，还修羊圈干什么呢？"他没有接受邻居的劝告。

第二天早上，他又去放羊，发现又少了一只。原来狼又从窟窿钻进羊圈把羊叼走了。

养羊人后悔没有听邻居的劝告，不敢怠慢，赶快把羊圈修补好了。

从此，他的羊再也没有丢失过。

（先秦《战国策》）

寓意提示：发现出了差错，赶快进行补救还来得及。

大鹏与焦冥

齐景公问晏子说："世界上有最大的东西吗？"

晏子回答说："有。北海有大鹏鸟，它脚踏彩云，背部高耸，直入青天，尾巴横卧在天间，纵身一跃，嘴巴便可啄饮北海，颈尾填塞了天地，两个翅膀一伸，无边无际竟看不到尽头。"

齐景公又问："世界上还有最小的东西吗？"晏子回答说："有。东海有一种小虫，在蚊子的睫毛上筑巢，在巢里产卵孵化小虫。小虫长大了便从蚊子睫毛上的窝里飞出去，蚊子从来没有一点儿感觉。我不知道这小虫叫什么名字，而东海的渔民称它为焦冥。"

（先秦《晏子春秋》）

寓意提示：世间物种繁多，大小巨细不等，皆待人们去探索认知。

公仪休嗜鱼

公仪休很喜欢吃鱼。他当了鲁国的相国后，全国各地有很多人送鱼给他，他一一婉言谢绝了。

他的学生劝他说："先生，你这么喜欢吃鱼，别人把鱼送上门来，为何要拒绝呢？"

他回答说："正因为我爱吃鱼，才不能随便收下别人所送的鱼。如果我经常收受别人送的鱼，就会背上徇私受贿之罪。说不定哪一天鲁君会免去我的相国一职，到那时，我这个喜欢吃鱼的人就不能常常有鱼吃了。现在我廉洁奉公，不接受别人的贿赂，鲁君就不会随随便便地免掉我相国的职务。只有不免掉我的职务，我才能常常有鱼吃啊！"

（汉·刘安《淮南子》）

寓意提示：拒绝贿赂，即使动机是规避惩罚，也总比贪墨秽行来的要好。

曾子杀猪

　　曾参的老婆要到集市上去，她的儿子跟在后面哭哭啼啼。妈妈对孩子说："你回去吧，等我回来给你杀猪吃。"

　　曾参的老婆一从集市回来，曾参便立刻要去杀猪。他的老婆制止说："我只不过是和孩子说着玩的。"

　　曾参说："和小孩怎么可以这样随便开玩笑呢？小孩子不懂事，他们跟着父母学，聆听父母的教诲。现在你欺骗他，就是教孩子学着骗人呀！做母亲的骗儿子，儿子也就不再相信他的母亲了。这不是教育孩子的好办法啊！"

　　说完，曾参就把猪杀了。然后，把煮好的猪肉拿给孩子吃。

（先秦《韩非子》）

　　寓意提示：教育孩子言而有信，不能仅仅停留在口头上面，父母师长必须以身作则，要以自己的言行做出表率。

次非斩蛟

楚国有个叫次非的人，在吴地干遂得到了一柄宝剑。

次非返回楚国过江时，船到江中，忽然有两条蛟从两边缠住这只船不放。次非对船夫说："您在江上多年，曾经见到两条蛟缠住船而船上的人能够活下去的吗？"船夫说："没有见到过。"

次非听了，便甩掉外衣，捋起袖子，拔出宝剑说："这两条蛟也不过是江中的一堆要腐烂了的骨肉，没有什么好畏惧的！为了保护大家的安全，我死又何憾！"

于是，次非跳到江中用剑斩断了那两条蛟，然后平安回到船上。船上的人都很感激他。

（先秦《吕氏春秋》）

寓意提示：只要居义行事，舍己为人，就能临危不惧，将个人生死置之度外。

齿亡舌存

常枞张开口给老子看，并问："我的舌头还在吗？"

老子回答说："在。"

"我的牙齿还存在吗？"

老子回答说："没有了。"

常枞说："你知道这是什么原因？"

老子说："那舌头之所以存在，难道不是因为它柔软善变吗？牙齿之所以没有，不就是因为它刚强易折吗？"

常枞说："啊！对了。世上的事情都是这样的啊！"

（汉·刘向《说苑》）

寓意提示：情境条件有所不同，处理事务时当柔则柔，需刚则刚，刚柔相济，才能处理好不同的事情。

远水不救近火

鲁穆公把自己的王子和公主送到远离鲁国的晋国、楚国去当官和结亲，想以此来联合这两个大国。

鲁国的大夫犁钮对鲁穆公说："如果您到越国去求人来救您快要淹死的儿子，越国人虽然善于游泳，可是也救不活您的儿子啊！如果鲁国都城失火而到遥远的大海里去取水灭火，海水虽多，火也不会被海水浇灭啊！这是因为远水不能解救近火。晋国与楚国虽然强盛，但远离鲁国。而齐国离我们很近，如果齐国侵犯鲁国，晋国和楚国怎么能够及时帮助我们呢？"

（先秦《韩非子》）

寓意提示：舍近求远，以缓济急，不是解决问题的办法。

苛政猛于虎

有一年，孔子乘车从泰山旁边经过，看见一个妇女在坟墓边哭泣，哭声非常悲切。

孔子停下车，叫子路去询问那个妇女："你哭得这样伤心，是不是遇到了什么不幸的事情？"

那个妇女说："这里经常有老虎吃人。我的公公被老虎吃掉了；我的丈夫也被老虎吃掉了；现在，我的儿子又被老虎吃掉了。叫我怎能不伤心呢？"

孔子走过去问那个妇女："那么，你为什么不离开这儿呢？"

那个妇女说："我不愿离开这儿，是因为这儿没有残暴的政令啊！"

孔子叹道："残暴的政令比猛虎还可怕啊！"

（先秦《礼记》）

寓意提示：这个寓言说的是祸患百姓，暴政伤民。

解铃系铃

金陵清凉寺有位禅师法号法灯，为人豪爽，不拘小节，经常不守佛门法规。

当时大家都看不起他，只有一位名叫法眼的禅师对他另眼相看。

有一天，法眼问大家："老虎脖子上的金铃，谁能把它解下来？"

大家都答不上来。

这时，法灯正好进来，法眼又提出这个问题要考他。

法灯答道："这还不容易吗？那个把它系上去的人当然能够把它解下来。"

听了这话，法眼对大家说："你们可不能小看法灯啊！"

（明·瞿汝稷《指月录》）

寓意提示：这则寓言告诉我们不可以外在印象取人，貌似平常者可能有大智慧。

塞翁失马

靠近边塞居住的人中，有个人养了很多好马。他的父亲擅长推测吉凶。

有一次，这个人的马无缘无故跑到了胡人的住地。为此，人们都来宽慰他，他的父亲却说："这怎么就不会是一种福气呢？"

几个月后，那匹马带着胡人的马跑回来了。人们都来向他祝贺，他的父亲又说："这怎么就不能是一种灾祸呢？"

这个人爱好骑马，从马上掉下来摔断了大腿。人们又都来慰问他，他的父亲又说："这怎么就不能变为一件福事呢？"

过了一年，胡人大举入侵边塞，健壮男子都拿起武器去作战。靠近边塞居住的人，战死的十个有九个。而这个人因为腿瘸的缘故免于征战，父子俩一同保全了性命。

所以说福可以变为祸，祸可以变为福。这其中的变化难以捉摸，深不可测。

（汉·刘安《淮南子》）

寓意提示：人的祸福可以相互转换，坏事也有可能变为好事。

赵简子放生

邯郸的平民百姓在大年初一那天向朝中大臣赵简子进献了很多斑鸠。赵简子非常高兴，重重地赏赐了他们，然后又把斑鸠放了。

门客问他为什么要这样做，赵简子说："大年初一放生，表示我对生灵有仁慈之心嘛。"

门客说："全国的老百姓假如知道您要拿斑鸠放生，都会争着去捕捉斑鸠，那被打死打伤的斑鸠一定更多啊！您如果真想救斑鸠一命，不如下令禁止捕捉。像现在，您奖励老百姓捕捉了送给您，您再放生，那么，您对斑鸠的仁慈还不能抵偿您给它们带来的灾难呢！"

赵简子点头，认为门客讲得大有道理，便下令禁止捕捉斑鸠。

（先秦《列子》）

寓意提示：假慈悲者放生一个，害死一群。放生背后隐藏着更大的需求，所有这些都是生意。

涸泽之鱼

庄周家里很穷。有一次，家中没吃的了，他只好到监河侯那里去借粮食。监河侯说："这样吧，快要到收租的时候了，等租税收上来，我借给你三百两黄金，可以吗？"

庄周气得脸色都变了，告诉监河侯说："我昨天来的时候，在路上听见有喊'救命'的声音，四处张望，发现在干涸的车辙里躺着一条鲫鱼。我就问它：'鲫鱼，你是从哪里到这儿来的？'鲫鱼回答说：'我从东海来，快渴死了，请你给我一些水救救命吧！'我说：'好的，我就去游说吴、越两国国王，引西江的水前来解救你，行吗？'鲫鱼气愤地说：'如果我现在待在东海，我也不会找你要水喝。如果你非要去游说吴、越的国王让他们派人引西江的水救我的话，那么我们只好在干鱼铺子的案板上相见了。'"

（先秦《庄子》）

寓意提示：空话大话于事无补，帮人解困要落实在实际行动上面。

老马于途

田子方在路上遇见一匹老马，老马长吁一口气好似内心有感触，因而问赶车的人说："这是一匹什么马呢？"

赶车的人回答说："这原来是我们家中的牲口，老得没有力气，不能使用了，拉出来想卖掉它。"

田子方说："年轻时用尽了它的力气，老了却抛弃它，这是仁者所不干的事。"

田子方用五匹帛换取这匹老马。年老的武士听到了这件事以后，知道可以安心归来了。

（汉·刘安《淮南子》）

寓意提示：应该尊重、爱护曾经出力的有功之人，只有这样才得人心；反之，必然会人心散尽。

蜀犬吠日

屈原曾经作赋说："邑犬之群吠兮，吠所怪也。"

我过去听说庸、蜀以南的地区，经常下雨，很少见到太阳。太阳一出来，狗便狂叫不止，我认为言过其实。

六七年前，我被贬来到南方。

第二年冬天，有幸赶上大雪越过五岭，覆盖了南越中的好几个州。这几个州中的狗，都惊慌地狂叫着乱咬乱跑，好几天都是如此，直到雪消融后才停止，这样我才相信以前听说的蜀犬吠日的事。

（唐・柳宗元《柳河东集》）

寓意提示：无知无识者对自己不认识的事物胡言乱语，只能暴露自己的孤陋寡闻和少见多怪。

赵人患鼠

有个赵国人深受老鼠之害，便到中山国去讨猫。中山国的人给了他一只猫。这只猫很会捉老鼠，但也善于捉鸡。过了一个多月，他家的老鼠被捉干净了，可是鸡也没有了。他的儿子对父亲说："为什么不把这只猫除掉呢？"

他父亲说："这个道理你要明白。我们的祸害在于老鼠，并不在于没有鸡。老鼠偷吃我们的粮食、咬碎我们的衣服、打穿我们的墙壁、破损我们的用具，这样我们就会挨饿受冻了。这不比没有鸡更有害吗？没有鸡，只不过不吃鸡罢了，离挨饿受冻还差得很远，为什么要除掉这只猫呢？"

（明·刘基《郁离子》）

寓意提示：决定判断取舍之际，要全面衡量利弊，看问题切忌主观片面。

弃璧保子

有个国家遭到了相邻的大国的进攻，百姓们纷纷逃难。

有一位名叫林回的贤士，丢掉价值千金的宝玉，却背着自己的婴儿逃跑。

有人问他："你是为了保住钱财吗？可婴儿并不值钱。是怕受拖累吗？携带婴儿逃跑会增加许多困难。你丢掉了价值千金的宝玉，偏偏要背着一个没有价值的婴儿逃跑，这是为什么呢？"

林回说道："那块宝玉只不过因为值钱才和我有关联，这孩子却是我的至亲骨肉，他和我是天然地关联在一起的啊！"

凡是因为财帛利益联系在一起的，碰上患难就会相互抛弃；凡是因为骨肉情义彼此联系的，碰上患难就会相互救援。相互抛弃和相互救援，两者之间的确存在着天壤之别啊！

（先秦《庄子》）

寓意提示：财富身外之物，不啻水月镜花；亲情骨血相连，无以价值判断。

鬼斧神工

鲁国有个叫庆的木匠，善于切削木头制作乐器架。他每做好一个，见到成品的人都惊叹不已，都说好似出自鬼神之手，而不是凡人所能做出来的。

鲁国的国君问他："你是用什么办法做的呢？"

庆回答说："我只是个做工的人，哪里会有什么特别方法？虽说如此，我也还是有一些体会的。要做乐器架时，我从不敢随便耗费精神，一定要以斋戒来静养身心。首先斋戒三天，抛掉喜丧、赏罚、爵位和俸禄的念头；随后斋戒五天，不再有非议、赞誉、取巧或防拙的心思；再斋戒七天，完全静心，仿佛忘掉了自己的四肢和身形。也就在这时，我丝毫不考虑是为朝廷制作乐器架，也不考虑赏罚的问题，只一心发挥全部技能，不受外来的干扰。直到此时，我才进入山林，观察树木，挑选出合乎乐器架形状质地的木料。这时，脑中构思的架子也已成形，我便开始切削制作；倘若还未成形，我也不会动手。我以木工的纯然本性融合木料的天然属性，制成的器物被疑为神鬼功夫，恐怕也是因为这一点吧！"

（先秦《庄子》）

寓意提示：喻指匠艺创制时要集中精力，并做好技艺和材料方面的充分准备，才能够产生精巧卓绝、价值超凡的工艺成果。

黄羊举贤

晋平公问祁黄羊：“南阳邑没有行政长官，你认为谁能胜任这个职位呢？”祁黄羊回答说：“解狐能行。”

晋平公说：“解狐不是你的仇人吗？”祁黄羊回答说：“您问的是谁能胜任这个职位，而不是问谁是我的仇人啊。”晋平公说：“讲得好。”

于是，晋平公任命解狐为南阳邑的长官。晋国人都称赞祁黄羊的这种做法。

过了一段时间，晋平公又问祁黄羊：“国家缺少一名军尉，你认为谁能胜任这个职位呢？”祁黄羊回答说：“祁午能行。”

晋平公说：“祁午不是你的儿子吗？”祁黄羊回答说：“您问的是谁能胜任这个职位，而不是问谁是我的儿子啊。”晋平公说：“说得好。”

于是，晋平公又任命祁午为军尉。晋国上下都称赞祁黄羊做得对。

孔子听说这件事后，说：“妙啊！黄羊论人，举荐外人不避讳自己的仇人，举荐亲友不回避自己的儿子。”

祁黄羊可称得上是公正了。

（先秦《吕氏春秋》）

寓意提示：推荐人才，唯贤是举，真可谓公正无私的榜样和表率。

小儿辩日

孔子到东方去游玩，路上遇到两个小孩子在争论。孔子问他们争论什么。

一个小孩说："我认为太阳刚出来时离我们比较近，而到了中午，太阳就离我们远了。"另一个小孩却认为太阳刚出来时离我们远，而中午离我们近。

前一个小孩说："太阳刚出来时像车上的篷盖那样大，到了中午，就只有盘子、碗口那么大了，这难道不是近的显得大、远的显得小吗？"

另一个小孩说："太阳刚出来时还凉飕飕的，到了中午，就像开了锅的水一样，这难道不是近的感觉热、远的感觉凉吗？"

孔子听了之后，不能判断谁是谁非。两个小孩笑着说："你说谁的知识更丰富呢？"

（先秦《列子》）

寓意提示：善于观察，勤于思考，勇于探索，大胆辨疑，无论在什么时代都是难能可贵的精神。

弓人之妻

　　齐景公要弓匠做弓，经过三年弓才做成。景公拉弓射箭，却连一层牛皮的箭靶也穿不透。景公发怒，要杀弓匠。

　　弓匠的妻子对景公说："我是蔡国人的女儿，弓匠的妻子。这张弓，是用从泰山南面采来的乌号柘木、燕地的牛角、楚地的麋鹿筋和黄河的鱼胶为原料制成的。这四种东西，是天下有名的精良材料，不应该只穿透层数这样少的牛皮箭靶。而且我听说即使奚仲造的车，也不能独自行走；莫耶剑虽然锋利，也不能独自砍断东西，一定要有人推动或使用它们。射弓箭时，左手稳稳的，好像靠着石头；右手好像拉着树枝，手掌好像握着鸡蛋，四指好像斩断的短木棍。右手发射时，左手像不知道。这才是射弓箭的正确方法。"

　　景公按弓匠妻子所讲述的方法射箭，穿透了七层牛皮的箭靶。

　　她的丈夫立刻被释放了出来。

（汉·韩婴《韩诗外传》）

　　寓意提示：任何精良的东西，要使它发挥效力，必须有正确的使用方法。

高山流水

俞伯牙是天下闻名的琴手，钟子期深谙琴音箫声。

俞伯牙纵情弹琴时，心里想着高山。钟子期一听便说："弹得好啊，琴声中所描绘的是一座像泰山一样巍峨的高山啊！"

俞伯牙弹琴时，心里想着流水。钟子期便说："弹得好啊，琴声中所描绘的是一条浩浩荡荡的江河啊！"

俞伯牙弹琴时不管想什么，钟子期都能真切地体会到。

有一次，俞伯牙在泰山的北面游玩，忽然碰上暴雨，只好停在悬岩下躲雨。他心里感到寂寞，便拿起琴来弹。开始弹《霖雨》，接着又弹出了《崩山》。他每每奏这两支曲子，钟子期都能完全说出他当时的情趣。于是俞伯牙放下琴，感叹地说："你用心想象琴音中的一切，就跟我心里想的一模一样啊！你真是我的知音啊！"

（先秦《列子》）

寓意提示：乐曲绝妙，乐趣高雅，同道同人，知己知音。

虎化美妇

村里有个进山打柴的人，看见一个美丽的妇女在山涧对面行走，衣服装饰豪华艳丽，不像农村妇女的打扮，心里知道是个妖怪，就趴在草木丛生的地方偷看她的动向。

刚好有一头鹿带着小鹿下到山涧喝水，美丽的妇女看见了它们，就突然扑倒在地上变成一只老虎。衣服装饰丢卸在地上，像蝉蜕去的皮壳一样。老虎径直捕捉两只鹿，吃了它们。过了一会儿，老虎仍然变成美丽的妇女，整理好身上的衣饰，沿着山路舒缓地走去。到了涧边照看着自己的身影，妖媚多姿，几乎忘记它曾经是只老虎了。

（清·纪昀《阅微草堂笔记》）

寓意提示：有些害人的东西往往披着美丽的外衣，来迷惑和欺骗善良的人们，而人们在美丽的外衣面前很少设防，非常容易上当受骗。

郢书燕说

楚国的都城有人给燕国的相国写了一封信。他是在夜里写的，写时光线不够亮，便吩咐捧蜡烛的人说："举烛！"

说着，便顺手在信上写上了"举烛"两个字。

其实，"举烛"这两个字并不是信里要说的意思。

燕国的相国收到他的信后，却解释说："'举烛'的意思，是崇尚光明啊！崇尚光明，这就要选拔贤德的人来加以任用。"

相国便对燕国的国君说了这个意思。国君听了十分高兴，下令照办，国家因此得到了治理。

国家固然是治理好了，但是"举烛"毕竟不是信中的原意啊。

（先秦《韩非子》）

寓意提示：为学避免穿凿，亦忌断章取义。

何人足恃

魏文侯问孤卷子说："父亲是贤德之人，可以依赖吗？"答道："不可。"

"儿子是贤德之人，可以依赖吗？"答道："不可。"

"兄长是贤德之人，可以依赖吗？"答道："不可。"

"弟弟是贤德之人，可以依赖吗？"答道："不可。"

"臣子是贤德之人，可以依赖吗？"答道："不可。"

文侯突然起身，大怒道："我问你这五位，你都回答不可，是何道理？"

孤卷子说："父贤超不过尧，而他儿子丹朱遭到流放；子贤超不过舜，而他父亲是那么愚妄无知；兄贤超不过舜，而他弟弟象傲慢无礼；弟贤超不过周公，而其兄管叔作乱被杀；臣贤超不过商汤、周武二位，而夏桀、殷纣无道被讨伐。您想治理国家，得从自己开始。全靠他人哪里行得通？"

（先秦《魏文侯书》）

寓意提示：成事不能依赖别人，只有自己最为可靠。

不见眼毛

楚庄王准备出兵去攻打越国，庄子问他："你为什么要去打越国呢？"

楚王回答说："越王腐败无能，国力衰弱。"

庄子严肃地说："在我看来，一个人的聪明智慧也和人的眼睛一样。眼睛能够看见百步以外的东西，却看不见自己的眼毛。大王，你自己好好想想，你的兵力到底比越国强多少？你以前出兵和秦国、晋国打仗，不但打败了，还丢了几百里土地，这不是兵力弱的缘故吗？楚国有个姓庄的强盗，他作恶无数，而你的官吏老是装聋作哑，不去惩治他，这不是政治腐败的缘故吗？楚国政治的腐败、兵力的薄弱，比越国还厉害。你现在还要去打越国，这是很危险的，对楚国没有一点好处。"

楚庄王觉得庄子讲得很有道理，认识了自己国家的真实处境，不敢贸然出兵了。

（先秦《韩非子》）

寓意提示：看别人的错处很容易，要发现自己的错处却很困难。

树难去易

栽种杨树很容易，只要种下去就可以成活，连倒插着也能生长，折断了再插下都不会死。但比较起来，毁树却更为容易。如果让十个人来栽杨树，一个人来拔它，那么就一定不会再有成活的杨树了。

以十人之众去栽种很容易成活的杨树，也经不起一个人拔它毁它，这是什么原因呢？是因为种树难而毁树容易。

（先秦《韩非子》）

寓意提示：即使很多人的劳动成果也经不起少数人的毁坏，做事如此，对待人才也是这样。

指鹿为马

赵高欲图谋篡夺秦二世的皇位，唯恐众位大臣对他不肯服从，便设法进行试探。一天，他把一只鹿献给秦二世，对秦二世说："这是一匹马。"

秦二世一愣，笑着说道："丞相搞错了吧？这明明是只鹿嘛，你怎么说是马呢？"秦二世转而问身边的大臣。大臣们有的沉默不语，有的说是马，以讨好赵高。也有耿直的人说是鹿，赵高就在暗中陷害他们。

此后，群臣中再没有人不惧怕赵高的了。

（汉·司马迁《史记》）

寓意提示：刻意混淆是非、颠倒黑白，必然包藏着见不得人的罪恶居心。

蹈水之道

孔子到吕梁参观瀑布。那瀑布高悬三千仞，溅起的水雾弥漫方圆四十里，鼋、鼍、鱼、鳖都不敢在这里潜水，却见一个壮年男子在水里。孔子以为是个因痛苦而想自杀的人，急忙叫学生顺着水流去救他。

不一会儿，那人游出数百步远，便从容地露出水面，披头散发地边唱边游到堤岸下面。孔子紧跟着他，忙说："我还以为你是鬼呢，细看才知道是个人。请问，游水有什么特殊方法吗？"

那人说："没有，我游水并没有什么特别的方法，只不过是'始乎故，长乎性，成乎命'，随着水里的旋涡一块儿卷到水底，又随着涌流一块儿浮于水面。完全顺从水性，没有个人得失、生死的顾虑，这便是我游水的方法。"

孔子说："那么，什么叫'始乎故，长乎性，成乎命'呢？"

他回答道："我出生在大山里就安于山林里的生活，这就是'始乎故'；长大后生活在水边就安于水边的生活，这就叫'长乎性'；我不去追究为什么这样生活的原因而继续这样的生活，这就叫'成乎命'。"

（先秦《庄子》）

寓意提示：顺乎自然，熟能生巧。长期在某种环境中生活，可以养成特殊的生活能力。

猎雁

　　湖泊边上水草茂密的地方，经常有成群的大雁栖息过夜。因为怕有人来伤害，夜间就由一只大雁警戒守夜，环绕四周，来回巡视。夜间，放哨的大雁一有动静就会大声鸣叫，群雁听到叫声立刻飞上天空逃走。

　　后来那些捕雁的人熟悉并且利用大雁的这种习性，巧妙地设计捕捉大雁的办法。他们先看准堤岸、湖边那些雁群经常歇息的地方，暗暗布下大网，并在网的旁边凿通一些洞穴。

　　天还未黑，猎人们手持捆绳，分别藏进洞内。等到天将放亮时，就在洞外亮起火光。警戒的大雁一见火光，便嘎嘎大叫，群雁立刻惊飞起来。这时，人们马上把火浸入水中熄灭，群雁一看什么动静也没有，便又都飞回去睡觉。这样反复了三四次，群雁一次次被叫声惊起，醒来又发现没有什么动静，便以为担任警戒的大雁在哄骗它们，于是大家气得一起来啄它。

　　过一会儿，猎雁人再次点起火来。警戒的大雁害怕大伙再对自己群起围攻，看见火光也不敢再鸣叫了。猎人们听不见雁群的声响，就张开大网捕捉起来。熟睡的大雁根本就没有料到大祸已经临头，最后它们全被捉住了。

（明·宋濂《燕书》）

寓意提示：怀疑、打击忠诚的伙伴，失去的是可靠的安全保障。

投金取善

从前，有兄弟两人，他们每人背着十斤金子在荒野上行走。路上别无他人，哥哥心中暗想："我要是杀了弟弟，拿了他的金子，在这荒无人烟的地方是不会被谁发现的。"弟弟这时也在想："我要是杀死哥哥，夺走他的金子，是不会有人知道的。"

两人边走边各自想着心事。由于心怀恶念，当他们相视时，两眼都露出凶恶的目光，刚一相触就又都低头避开了。

后来，兄弟俩各自醒悟，都非常悔恨，在内心深处自责道："我们虽说是人，可与禽兽有什么两样？骨肉同胞、手足兄弟怎么能因贪图金钱而互相残杀呢？"

这时，他们来到一眼泉水旁，哥哥把金子扔进泉中。弟弟高呼："善哉！善哉！"

弟弟把金子也扔进了泉中，哥哥也高呼："善哉！善哉！"

兄弟二人互相发问："你为什么高喊'善哉'呢？"两人都告诉对方说："刚才我因为贪图金子，心里萌生出罪恶的念头，打算把你害死。现在我把手里的金子抛弃了，心中的善意却存留下来。因而高呼'善哉！善哉！'"

(《法苑珠林》)

寓意提示：贪欲败人性，黄金黑良心。迷途知返，善莫大焉。

济水商人

有一个商人在渡济水时，济水突然暴涨，把他的船冲翻了，他落入了水中。他抓到一根木棍，在水中拼命挣扎。

有一个渔夫驾船去救他。

当船来到商人的身边时，他着急地呼喊着渔夫："我是济水边有钱有势的人。假如你救了我的话，我给你一百金。"

等到渔夫载着他送到岸边，他却只给了渔夫十金。

渔夫说："刚才你答应给我一百金的啊！现在却只给十金，恐怕不好吧？"

商人忽然把脸一横，怒气冲冲地说："你是个打鱼的人，一天能够挣多少啊？现在一下子得到十金，还嫌少吗？"

渔夫十分沮丧地走开了。

后来，那商人又乘船从济水渡过，船又翻了。

渔夫也恰好在那里。别人说："你怎么不去救他呢？"

渔夫说："这是个不守信用的人。"

听渔夫讲了上次的事，大家都不愿意去救那个商人。商人便被水淹死了。

（明·刘基《郁离子》）

寓意提示：人贵守诺，诚信为本，否则将得不到别人的帮助。

和氏献璧

楚国的和氏在荆山中得到一块璞玉，恭恭敬敬地捧着它献给了楚厉王。楚厉王让玉工对这块璞玉进行鉴定，玉工鉴定后说："这是一块石头。"楚厉王认为和氏是欺骗自己，便治罪砍掉了和氏的左脚。

等到楚厉王死后，楚武王继位为君。和氏又捧着他的璞玉来献给武王。楚武王派玉工来作鉴定，玉工又说："这是块石头。"楚武王也认为和氏在欺骗自己，便又治罪砍掉了和氏的右脚。

楚武王死后，楚文王即位了，和氏就抱着他的璞玉在荆山下伤心地痛哭，哭了三天三夜，眼泪哭干了，哭出血来。楚文王听说此事，派人去荆山下问和氏为什么这样，说："天下被砍掉双脚的人多得很，你何必哭得这样伤心呢？"

和氏说："我不是因为自己被砍了双脚而伤心，我伤心的是这块宝玉总被人说成是石头，忠心耿耿的人却被当成了骗子，这些才是使我真正感到伤心的。"楚文王便命玉工琢磨加工这块璞玉，发现它真的是一块宝玉，便给它取名叫"和氏之璧"。

（先秦《韩非子》）

寓意提示：玉工不识玉，国君不识人，韩非子所痛惜的，应该并非单单是献宝者作出的牺牲。

四方之志

子高游历到了赵国，平原君的两个门客邹文、季节都与子高相处得很好。等到子高准备回鲁国时，各位朋友都来向他送别。

过后，邹文、季节又伴送了三天。临告别时，邹文、季节泪流满面，子高却只是拱手作揖而已。

走在路上，子高的弟子问道："先生与那两位朋友关系很好，他们有依恋不舍的真情，为不知何时能见面而感伤得眼泪纵横。而先生却高声说话，只是拱了拱手，这恐怕不能说是对朋友感情很深吧？"

子高回答说："起初，我还以为他们两人都是大丈夫，现在才晓得他们与女人差不多。人生在世，应志在四方，岂能像鹿或猪那样总是围聚在一块儿？"

那弟子又问："这样看来，那两位哭泣就不对了？"

子高回答说："这两位都是好人啊！他们有仁慈之心，但是在去留、决断问题上，就肯定做得不够了。"

（先秦《孔丛子》）

寓意提示：胸怀远大者志在四方，在重朋友情谊的同时，更要意气慷慨，志当刚强。

南橘北枳

晏婴将要出使楚国。楚王得知这个消息，和左右大臣谋划说："晏婴，是齐国擅长外交辞令的人。现在他要来了，我想羞辱他一番，该采取什么办法呢？"左右大臣献计说："当他到来的时候，我们捆绑上一个人，押着他经过大王面前。大王问：'干什么的？'我们回答：'是齐国人。'大王再问：'所犯何罪？'我们说：'犯偷盗罪。'"

晏婴来到了楚国，楚王设宴款待晏婴。喝酒正在兴头上时，两个小吏捆绑着一个人走过楚王面前。楚王问："绑的是什么人？"回答："是齐国人，犯了偷盗罪。"

楚王盯着晏婴问："齐国人是不是本来就喜欢偷盗呢？"

晏婴离开坐席，郑重地对楚王说："我听说橘树生长在淮河以南结橘子，生长在淮河以北就结枳子。它们仅仅是叶子相像，果实的味道大不相同。造成这种差异的原因是什么呢？就是因为水土不同。黎民百姓生长在齐国不偷盗，一进入楚国就偷盗，莫非楚国的水土使得黎民百姓喜欢偷盗吗？"

楚王自我解嘲说："对于圣贤君子是不能跟他开玩笑的，今天我反而自讨没趣了。"

（先秦《晏子春秋》）

寓意提示：地域环境发生了变化，事物也就发生了质的变化。

一鸣惊人

楚庄王当了三年君王没有做出政绩，整日无所事事，不理朝政。

一位名叫成公贾的臣子看到这种情况，便进王宫去规劝他。

楚庄王说："我说过不接见规劝的人，现在您为什么要来规劝我呢？"

成公贾回答说："我不敢来规劝您，只是想讲故事给你听。"

庄王说："讲什么故事啊？"

成公贾说："有这样一只鸟，它停在南方的山上，有三年时间没有动，没有飞，也没有鸣叫。请问大王，这是一只什么鸟啊？"

楚庄王猜中了，回答说："这只鸟停在南方的山上，它三年不动，是用来坚定自己的思想和意志；它三年不飞，是用来丰满自己的翅膀；它三年不叫，是用来观察人们的表现。这只鸟虽然没有飞，可是一飞就会冲天；虽然没有叫，可是一叫就会使人震惊。你出去吧！我已经知道你想告诉我什么了。"

第二天，楚庄王接见群臣，任人唯才、励精图治、广开言路、赏罚分明。没过两年，楚国的国力便可以和秦国匹敌了。

（汉·司马迁《史记》）

寓意提示：平时默默无闻的人，突然做出使人震惊的成绩。

截长补短

庄辛对楚襄王说："大王的左边有宠臣州侯，右边有夏侯，车驾后面跟着的是鄢陵君和寿陵君。一味穷奢极乐、荒淫无度，不理朝政，楚国就会危在旦夕。"襄王说："先生是老糊涂了吧？怎么说起楚国的吉凶和王者的善恶来了？"庄辛说："在为臣看来，确实会是这样的啊！并非是我故意说楚国不吉祥的话。大王如果始终宠爱这四个小人，那么楚国就非亡不可，为臣的请求大王让我到赵国去回避下，让我待在那里看结果吧。"

庄辛到赵国不到五个月，秦国果然一举攻下楚国的鄢、郢、巫、上蔡、陈这几个地方，襄王自己也逃到齐国的阳城避难去了。这时，襄王派人驾车到赵国去召庄辛回来，庄辛就乘车回来了。

庄辛回来后，襄王就说："我没有听先生的话，如今造成这样的惨局，你看怎么办为好呢？"庄辛回答道："为臣的曾经听过这样的俗话，'见到兔子才以目示意而指使猎犬，并不算晚；失掉了羊而修补羊圈，也未为迟'。为臣的曾经听说商汤、周武王都是以百里之地而兴旺发达起来的，夏桀王、商纣王虽然占有整个天下，结果都以荒淫残暴而自取灭亡。今天，楚国虽然小了，但截长补短还有几千里，岂止是一百里啊！"

（先秦《孟子》）

寓意提示：这则寓言告诉我们应该汲取别人的长处，补足自己的短处，要虚心向别人学习。

熟能生巧

北宋时有个善于射箭的人叫陈康肃，常在自己家的园子里练习射箭。他的射箭技艺在当时举世无双，他也因此非常骄傲。

一天，有个卖油的老汉路过陈家园子，站在那里看他射箭，久久不肯离去。当看见他射箭十中八九时，那个卖油的老汉微微点头，以表赞许。

陈康肃问他："你也会射箭吗？你说说看，我的射箭技艺高超吗？"

老汉回答："没有什么了不起的，只不过是手熟而已！"

陈康肃恼怒地说："你怎么敢轻视我射箭的本领！"

老汉回答说："凭着我卖油的经验就知道这个道理。"

说着，他取出一个装油的葫芦放在地上，用一枚铜钱盖住口子，然后用勺子慢慢地舀油注入葫芦。油顺着钱币中间的小孔倒了进去，却没有沾湿钱币中间的小孔。

倒完油之后，老汉说："我的这种技能也没有什么奥妙，只不过是手熟而已。"

陈康肃听后笑了笑，随后打发老汉走了。

（宋·欧阳修《欧阳文忠公集》）

寓意提示：无论学习还是做事，只有熟练了才能掌握高超的能力和技巧。

邹忌照镜

齐国相国邹忌长得五官端正，英俊潇洒，远近闻名。

一天，他一面照镜子，一面问他的妻子："我与城北徐公相比，哪个漂亮？"他的妻子说："徐公怎么比得上你呢？"

城北徐公是齐国有名的美男子，邹忌不相信自己比徐公漂亮，又问他的小妾："我与徐公相比，哪一个漂亮？"小妾说："徐公怎么比得上您呢？"

第二天，有个客人拜访邹忌。邹忌和他攀谈一会儿后，问客人："我与徐公相比，哪一个漂亮？"客人说："徐公不如您漂亮。"

又过了一天，徐公来拜访邹忌。邹忌仔细打量徐公，自认为比不上徐公；又悄悄地对着镜子仔细地照看自己，更觉得自己远远不及徐公漂亮。"我不及徐公漂亮，为什么他们都说我比徐公漂亮呢？"夜晚睡觉的时候，邹忌左思右想，终于想清楚了其中的道理，说："妻子说我漂亮，是偏爱我；小妾说我美，是因为害怕我；客人说我美，是因为有求于我。"

（先秦《战国策》）

寓意提示：人要有自知之明，不要听信亲近之人或有求于自己者的阿谀奉承。

相交以心不以貌

长山人聂松岩游历京城，以篆刻来会朋友。

他就住在我的家里。他说他的同乡有个人与狐狸结为好友，每当宾朋好友聚会宴饮时，就叫它来同坐。它吃吃喝喝说说笑笑，与人没啥两样，但只能听到声音而看不见形体。有人执意要它显形，说："面对面却看不见，怎么能算是结为好友呢？"

狐狸说："交友交的是心，而不是交相貌。人心不可测，比山川还要险，很多机巧诈骗的手段，都隐藏在形体之中。各位不见对方的心，只以貌相交，反而认为关系亲密；对没看到相貌的，反而认为关系疏远。这不是悖理吗？"

田白岩总结道："这个狐狸对世情认识很深。"

（清·纪昀《阅微草堂笔记》）

寓意提示：仅从对其外表的感官印象就肯定或者否定一个人，往往会做出不准确的评价和错误的判断。

两马

主人有两匹马，一匹赭白马，一匹青马。它们牙口相仿，温良和驯也很相近。可是计算它们每天走的里数，那匹赭白马每天多走二十里。主人认为这是匹良马，给它披上黄金鞍，铺垫锦绣鞴子，放到另外一个槽里喂养；主人出去打猎，必定骑着它。青马只是驮水运草而已。

过了两年，赭白马死去，主人想骑青马，鞭打它也不走，只好舍弃不骑。又过了二十年，青马老死在马槽下面。主人说："这匹平常的马，寿命远远长于赭白马，这是老天爷忌妒有才华的呢，还是寿命的长短都有定数呢？"当天夜里，主人在梦中见到了青马。青马说："你以为我真的不如赭白马吗？我跟它都是很平凡的马。力量所达不到的，我能安守本色。至于黄金鞍、锦绣鞴子对于我有什么好处呢？所以我不愿意竭尽全力为得到它们而送命。赭白马勉强干力所不及的事以求得胜利，所以不久就丧失了生命。自从主人乘赭白马，它受惊而摔倒的事，一天也有两三次，而我连一天也没有让你担忧过。你为什么优待它而歧视我呢？"

主人醒来，把青马的话告诉马房的管事。管事说："这匹青马，它不了解一生的命运。它只知生活的快乐，而不知道荣誉带来的快乐。以平常的马而冒充了神马的美名，从而得到了好处。赭白马所得到的，看来比青马多呀！至于因为受惊而摔跤，主人受了罪，却并没有责怪马匹，那么赭白马也是很聪明的了！"

（清·钱大昕《潜研堂文集》）

寓意提示：隐喻了两种生活态度——超常透支和量力而行，作者对前者赞扬肯定，认为后者并不可取。

老僧养虎

　　太行山天井关以西十里有座小庙，有个老和尚在那儿修行。有一天，老和尚沿着山间小路行走，见到一只虎崽，断了一条前腿，疲困地偎伏在山崖下。看样子，大概是岩石崩塌时，被母虎扔下的。老和尚心里怜悯它，把虎崽带回庙里，拿饭粥喂养它。那虎崽非常饿，见到饭粥就大吃起来。以后，这虎崽很驯服，跟老和尚熟悉了。老和尚出门，它总是跟在后面；待在庙里，它就在他膝下盘坐，从不离开左右。

　　过了两年，虎崽渐渐长得壮实有力，但是性情还是以前那样温顺驯服。只是一足稍跛，人们都叫它"跛足虎"。客人路过小庙，它围前围后，很驯服，人们毫不觉得威胁和妨碍。于是，远近的行人都传颂老和尚德行高善，能降伏猛虎。老和尚也怡然自得，认为老虎跟他友好、亲善。

　　一天，老和尚领着老虎出远门，到达天井关，鼻孔出血不止，湿淋淋地滴满一地。老和尚怜惜鲜血白流，就用脚尖点地，示意老虎把地上的血舔干净。那老虎舔了血觉得味道很美，可含在嘴里只有一点点，馋得难忍。于是老虎扑向老和尚，拖着老和尚跑进山沟里，撕得稀巴烂，当作美餐吃了。

　　从此以后，那只老虎每天蹲伏在要道旁，袭食来往行人。别的老虎也出没太行山，肆意咬人。途经这里的行旅之人被老虎伤害的不知有多少！从此，每逢日落西山，人们都互相告诫：千万别从天井关下经过。

（清·徐枋《俟斋集》）

　　寓意提示：养虎为患，殃噬自身。

适者生存

　　庄子带着他的学生到山间散步。他们远远地看见一棵参天大树下站立着一个樵夫。那个樵夫看了一下大树，然后扔掉斧头坐在地上休息。庄子问樵夫为什么不砍那棵大树。那人回答说："这树没有什么用处。"庄子听了，对学生们说："你们记住，就是因为没有用处，这棵树才能长得这么大，才能够继续活下去。"庄子他们从山里走出来，住在老朋友家里。老朋友很高兴，要家童杀鹅烹煮。家童对主人说："咱们那两只鹅，一只会叫，一只不会叫，请问杀哪一只？"主人说："杀那只不会叫的吧！"

　　第二天，学生困惑地问庄子："昨天，山里的大树，因为没有用处，能尽享天年；后来，主人家的那只不会叫的鹅，却因为没有用处而被处死。老师您说，要处在什么情况下才安全呢？"庄子笑着说："做人和处事就应该在有用和无用之间斟酌。不过，处在有用与无用之间，还是一种人为的选择，不能顺乎自然。这样做，表面上似乎对了，实际上还是不对，还是不能从忧患中摆脱出来，难免受到连累。如果心中清静无为，顺应自然，随波逐流，就不会这样了。那就可以做到：既没有人称赞，也没有人毁谤；有时是龙，飞腾在天；有时是蛇，深藏于地，随着时日一道变化，无所追求；有时向上，有时向下，与万物协调相处，同周围浑然一体。如果做到了这些，就成了一个彻底自由的人，天地间任我逍遥，乾坤中随我驰骋。外界事物对我而言是可有可无，而我是存在的。"

（先秦《庄子》）

　　寓意提示：自然选择和生存竞争乃是人类社会历史发展以及社会生活的一般规律。

纪昌学射

甘蝇是古代一位非常著名的射箭能手。有个叫纪昌的人拜他为师，跟他学射箭。

甘蝇说："你先要学会看东西不眨眼，然后才可以学射箭。"

纪昌回到家里，仰面躺在妻子的织布机下边，两眼直盯着来去不停的梭子。这样坚持学了两年，即使锥子刺他的眼睛，他的眼睛也不会眨一眨。

纪昌告诉甘蝇，他的眼睛已经达到了要求。甘蝇说："你还要把眼力锻炼好才行。只有练好了眼力，我才可以教你学射箭。你要练到能够把微小的东西看得很大，把模糊的东西看得清晰才行，到那时候再来找我。"

纪昌便用一根牛毛，系上一只虱子，悬挂在窗口，目不转睛地看着它。十天后，那虱子渐渐变大了。三年之后，大得好像车轮。再看其他的东西，简直都像巨大的山丘了。他抓起良弓利箭朝那只虱子射去。箭不偏不倚，正好穿过虱子，而悬吊虱子的牛尾毛却没有被射断。

纪昌把这件事告诉了甘蝇。甘蝇掩饰不住内心的喜悦，向纪昌庆贺道："你的射箭水平已经超过我了！"

（先秦《列子》）

寓意提示：要掌握某种技艺，一定要打好基础，勤学苦练，由浅入深，循序渐进，否则难以成功。

土偶桃梗

孟尝君将要去秦国，劝阻的人数以千计，而孟尝君不听。

苏秦想要劝阻他，孟尝君说："人世间的事情，我已全部知道了；我没有听到的，只有鬼事啊！"

苏秦说："我到你这里来，本来就不打算谈人间的事，我是以谈鬼事来见您的。"

孟尝君接见了他。苏秦对孟尝君说："今天我来时，经过淄水上，看见有泥人和木偶互相对话。木偶对泥人说：'您是用西岸的土做成泥人的。到了每年八月，天下大雨，淄河的水涨到这里，那你就毁掉了。'泥人说：'不对，我是用西岸的土做的，毁掉变成土再回到西岸去罢了。而您是东方的桃树枝刻削成的，天下大雨，淄水涨到这里，把你冲走，那您漂漂荡荡将要漂到哪里去呢？'现在的秦国是个四面皆有险阻要塞的国家，像老虎口一样。您进去了，我就不知道您怎么能出来。"

孟尝君这才不去了。

（先秦《战国策》）

寓意提示：不要轻易离开自己具有较好基础的地方，以避免无法预测的伤害。

周处改错

周处年轻时，粗暴好斗，被乡里人看作祸害。

义兴县河里有条蛟龙，山中有只猛虎，一同侵害老百姓。于是，义兴县里的人把周处连同这蛟、虎一齐称作"三害"，而其中又以周处之害最大。有人劝说周处去杀死猛虎，斩掉蛟龙，其实是希望"三害"之中只留下一个。

周处就去山中杀了老虎，又去河中斩那蛟龙。蛟龙忽而浮出水面，忽而沉入水底，游了几十里。周处一直跟着它走。经过三天三夜，乡里的人都以为周处死了，便互相庆贺。

谁知他竟杀死了蛟龙而游出水面。他听说乡里人都互相庆贺，才知道大家都把他当作祸害，于是产生了改过自新的念头。接着，周处到吴郡去寻找陆氏兄弟。陆机不在家，他却正碰见了陆云。他就把义兴人以他为患的情况全说了，还说自己想改正错误，而年纪已大，终究不能有所成就。陆云说："古人认为早晨懂得真理，即使晚上死了也值得。何况你的前途还远着呢！而且人怕的就是没志向，有了志向，又何愁美名不能远扬呢？"

周处听了这番话，就改过自新，终于成了忠臣孝子。

（南朝·宋·刘义庆《世说新语》）

寓意提示：人的一生难免会犯错误，只要有错能改，便可进一步完善自我。

歧路亡羊

　　有一天，杨子的一家邻居丢失了一只羊。邻居已经请出了所有的亲属去追寻，又去请杨子家的童仆一起帮忙找羊。

　　杨子知道了这件事，叹口气说："唉，只跑掉一只羊，为什么弄了这么多的人去追寻？"邻居回答说："岔路太多了，所以追的人也就该多一些！"

　　没过多久，找羊的人都回来了。杨子问他的邻居："你家的羊，找到了吗？"邻居丧气地摇摇头，说："还是没有找到。"

　　杨子又问："怎么会让它跑掉了呢？"邻居回答说："岔路太多，岔路上又有岔路。不知道它到底跑往哪一条路上去了。找羊的人没办法，只得回来了。"

　　杨子听得瞠目结舌，沉默了好久，整天不露笑容。他的学生便问他："走失了一只羊，又不是大事，而且也不是你的，为什么这么闷闷不乐呢？"

　　杨子说："我当然不是为了这件事而不快乐，而是我想到了我们的学习。如果我们求学的人，也是东抓一把、西抓一把，不肯专心学习，也会像在岔路上寻羊一样，最后什么也得不到。"

（先秦《列子》）

寓意提示：事理头绪繁杂，难以找到适当的途径从而获得真知。

临江麋鹿

临江有一个猎人，捕捉到了一只小麋鹿。他很是高兴，决定把鹿带回家喂养。

刚回到家，他家养的一群狗看见小麋鹿，都摇着尾巴围了上来，想吃掉它。

猎人很气愤，把狗都赶开了。但是，他担忧起小麋鹿的安全来了。从那天起，猎人便天天抱着小麋鹿和狗接近，让狗和小麋鹿一起玩耍。他要让狗知道主人喜爱这只小麋鹿，让狗明白不能咬它。日子久了，狗都顺着主人的心愿，不敢欺负小麋鹿了。

小麋鹿渐渐长大，竟认为狗是自己的好朋友。它和狗们相互偎依，翻滚着玩耍，越来越亲热。那些狗由于害怕主人，也跟它玩得很好，但经常贪婪地舔着自己的舌头，露出一副馋相来。

后来，麋鹿走到门外，看见了别人家养的狗，也跑过去想跟它们玩儿。那些狗看见麋鹿都异常兴奋，不由得龇牙咧嘴地冲上去，很快就把麋鹿咬死分着吃了。

直到临死的那一刻，麋鹿才想到自己原来就是一只令狗垂涎欲滴的小麋鹿。

（唐·柳宗元《三戒》）

寓意提示：物以类聚，人以群分。于天敌为伍，注定是一条死路。

愚公移山

太行山和王屋山是两座大山。这两座大山山高峰险，横亘七百余里。

山北有个老翁叫愚公，快九十岁了。他的家正面对着这两座大山，道路被大山阻隔，走路要兜很大一圈，令愚公一家很烦恼。

愚公召集全家老小，说："这两座大山堵住我们的去路，出入不便。我们大家一起出力搬掉这两座大山，好吗？"

大家都举手同意。只有愚公的妻子提出一个疑问："凭你们这点力气，连个小山丘也铲不平，怎么能搬掉这两座大山呢？再说挖出来的那些泥土和石块往哪儿倒呢？"

大家都说："挖出来的泥土、石块就往渤海滩上倒吧！"

第二天，愚公便带着子孙们动手挖起山来。邻居寡妇的一个孩子，才七八岁，也蹦蹦跳跳地跑来帮忙。大家挖土的挖土、凿石的凿石，挖出来的土块和石头用畚箕运到渤海滩去。来来往往，大家干得热火朝天，一年四季很少回家。

黄河边上有个聪明的老头儿，名叫智叟。他看了这情景，劝告愚公说："你太不聪明了，已经这么大年纪了，连山上的草木都很难除掉，怎么能搬掉这两座大山呢？"

愚公叹了口气，回答说："你怎么还是那样不肯动一下脑筋呢？我看你还不如那寡妇的小孩。只要我们有决心，怎么搬不掉这两座大山呢？我虽然年纪大了，但我死了，还有儿子，儿子又生孙子，孙子再添儿子，子子孙孙无穷无尽，一代传一代；而这两座大山，只会一天一天地少下去，再不会增高了。区区两座大山，有什么值得畏惧的呢？"

智叟被说得哑口无言。

山神听了愚公的这番话，怕他挖山不止，就向天帝报告。天帝被愚公的毅力和精神所感动了，命令天将帮愚公把太行山和王屋山搬走，一座放在朔州的东部，一座放在潍州的南部。从此以后，冀州和汉水以南，再也没有高山阻塞道路了。

（先秦《列子》）

寓意提示：胸怀大志，脚踏实地，不怕困难，埋头苦干，有志者事竟成。

宥蝮蛇文

家里有一童仆，擅长捉蛇。早上，他拿着一条蛇来拜见我："这是一条蝮蛇，咬人后，人只有死路一条。这蛇还善于观察人，听到有人咳嗽、喘息以及迈步急走的声音，就可判断出他们抵挡不住自己的毒性，于是就敏捷地攻取、巧妙地咬食、肆意地加害他们。然而，有时它不能加害于人，就大发起脾气来，转过来咬噬草木。草木被它咬后就立刻死掉。以后的人只要触及这已死草木的茎部，也会烂掉手指、手腕挛曲、脚部浮肿，成为废人。所以，对这种蛇，一定要杀死它，不可留下它。"

我说："你是怎么抓住它的？"童仆回答说："在树丛中捉来的。"

我说："树丛中的这类蛇可以捉完吗？"他说："不可，这类蛇非常多。"

我告诉童仆："蛇住在树丛中，你住在屋子里。它不靠近你，你却接近它，触犯并杀死它后进来见我，你确实需要强健和冒险才能接近这东西。然而，你还是杀死了它，这说明你更残暴啊。那些耕田种地的人，砍柴割草的人，都是与土地为伍，不得不提防蛇的侵入。他们拿着农具，端着鞭子，握着镰刀以免受其害。而你现在并不是一定要涉足于树丛之中，你只要把屋子密封好，把庭院整修好，不去水边深曲之地，不在阴暗处行走，这蛇又怎么会加害于你呢？况且蛇也不是自己乐意成为现在这种模样，而是造物主赋予了它那种形体，自然的阴阳之气赋予了它那种品性，使之形体非常怪异，品性十分阴毒。它即使不愿这样也不可能啊。它也够可怜的，又怎么能怪罪它，加怒于它呢？你再不要去杀它们了。"

（唐·柳宗元《柳河东集》）

寓意提示：对生物界的天然物种，应保护其不受无端侵扰。

半块毛布

古时候，某个国家有一条法律规定，凡是活够六十岁的父亲，就让他身披毛布去看守门户。有一对兄弟在父亲六十岁生日那天，哥哥对弟弟说："你给父亲一块毛布，让他看门去吧。"家里只找到一块毛布，弟弟就剪下一半，拿给父亲说："这是哥哥让我给你的，他叫你看门去。"哥哥见屋里还有半块毛布，就问弟弟："那块毛布为什么不都给父亲，留下半块做什么？"弟弟回答说："咱自家就这么一块毛布，不剪下一半留着，以后上哪里找去？"

哥哥问："以后还要它干什么？"

弟弟说："怎么能不给哥哥留一半呢？"

哥哥说："给我留一半干什么呢？"

弟弟说："哥哥也要老的。到了六十岁，你儿子也会叫你去看门的。"

哥哥听了，心里惶恐不安，问道："我也会是那样的结果吗？"

弟弟说："谁能代替你呢？这是法律规定的。像这样坏的法律，应该把它废除才是。"于是，兄弟二人来到宰相那里，把刚才的话告诉了宰相。宰相说："你们说得很对，咱们也有老的时候呀！"宰相就去面见国王，提出废除那条法律。国王同意了他们的建议，并向全国宣布：人人都要孝敬父母，过去规定的那条法律，从今天起不再有效。

（《杂宝藏经》）

寓意提示：在古代，很多地方有弃老习俗或律条，但任何人都终有一老，所以反人性的陋习恶法必须革除。

庖丁解牛

有位庖丁替梁惠王肢解牛。只见他用手按住牛，肩膀往牛身上一靠，脚往下一踩，膝盖往前一顶，手起刀落，唰唰几下，那头牛顷刻间便皮肉分离了。解牛时的动作和声音，竟像演奏《桑林之舞》的韵律和《经首乐章》的节奏一般和谐美好。

梁惠王说："啊！妙极了！你的技术怎么能精湛到这般程度呢？"

庖丁放下刀子回答说："我研究牛的身体解剖技巧，远远超过了对肢解牛的操作技巧的钻研。刚开始宰牛时，眼中看见的是一头头完整的牛。经过三年，我已经完全掌握了牛体解剖方面的学问。任何一头完整的牛摆在我的面前，我都能把它看成许多部分的组合。由于了解了牛身体各部分之间组合的规律，因而在我的心目中，再也没有完整的牛了。现在，我只要用手一摸，便对牛身上的各个部位都了如指掌，不必用眼睛去观看了。感觉器官已经不起作用了，而精神活动却积极起来。顺着牛身上自然的纹理，劈开筋骨之间的空隙，导向骨节间的窍穴；依照牛的自然结构去用刀，一些支脉、经脉、筋骨肉、肌腱以及筋脉交结的地方，我的刀刃没有一点妨碍，更不用说那些大骨头了。好的厨师每年要更换一把刀子，因为他是用刀在切筋肉；普通的厨师每月要换一把刀子，因为他是用刀去砍骨头。到此时为止，我这把刀已经用了十九年，用它宰杀的牛已有几千头了，可是，这刀刃却像刚刚在磨刀石上磨过一样锋利。是什么原因呢？因为牛的骨节间有空隙，刀刃又很薄，以薄刃插进骨节间，宽绰有余，活动方便。所以十九年了，我的刀刃还能像刚刚磨过的一样啊！尽管如此，每遇到筋骨和脉络交错聚集的地方，我也感到不易下手，总是提醒自己谨慎小心。干活儿时目不旁视、动作舒缓、用力微妙，咔咔几下，牛的骨肉就松散开了，如一堆黄土散落在地上。这时我提刀站起，四周望望，心满意足，把刀擦干净好好地收起来。"

梁惠王听完后说："好啊！听了庖丁的这一番话，我懂得养生的道理了。"

（先秦《庄子》）

寓意提示：掌握了纯熟的技艺，做任何事情都可以驾轻就熟、操作自如。

叹牛

我在野外行走，看见有个老头儿牵着一头跛腿牛走在山路上，就问："这头牛的形体为什么这样魁梧呀？它的腿脚是怎么落下毛病的呢？现在它这样恐惧发抖，是要到哪儿去？"

老头儿拉了牛绳回答："它长得如此高大魁梧，是因为喂养得太好了。腿脚有毛病，是因为使用得太过度了。请你听我把话说完。我以赶车运输谋生糊口，曾经赶着这牛拉运千钧之重的货物，北登太行山，南到商岭，拉着绳子让它回头，喝叫它使它听令，即使跋山涉水，车轮中心的圆木跑垮了，弯曲的车杠却不歪倒。现在，它脚伤了而身体还算肥壮，如把它当作牲畜豢养就没什么用了，但在厨师看来，用以作肉菜还是不错的。只是现在禁止滥杀耕牛，谁都不敢当家宰了它。我刚刚听说州县的长官要摆酒席招待客人，并通过占卜选定了设宴的日子，我这就去那儿，卖给屠夫吧。"

我正儿八经地说道："这样做，站在您这方面说，对您有利，而对牛来说，就是悲哀了，该怎么办呢？我也正贫穷得很，而且家中没有多余的东西，但我情愿解下身上的皮衣来赎它，将它放到水草丰富的地方，行吗？"

老头儿讥笑道："我要卖掉它，得到的钱算起来可以去买酒吃肉，给孩子买糖吃，为老婆买衣穿，这样多舒服呀。要你的皮衣服干什么呢？况且我从前精心地喂养它，也并不是喜爱它，而是借用它的力气；现在让它死，也不是厌恶它，而是为了获取财物。你为什么要碍我的事呢？"

我料想自己难以说服这个老头儿，便用手杖敲着牛角叹息道："对你的要求已经完了，所追求的利益也该转移了。因此，伍子胥成就了吴王的霸业后得到的却是赐死的利剑；李斯辅助秦王统一天下后遭到的却是五马分尸；白起在长平威震赵军，最后却在杜邮被迫自杀；韩信在垓下大破敌军，最后却被诱至钟室杀害。这都是用不着时不值钱、大功告成而遭祸的例子。这不是很可悲吗？这不是很可悲吗！哎，拿自己无穷尽的用途去适应变幻不定的时事，使之合于时宜，就不会使自己遭受祸害了。如果只拘泥于有形的具体事物，作用发挥完了，忧患就会随之而来，这是很明白的道理。"

（唐·刘禹锡《刘梦得文集》）

寓意提示：对于只讲功利的人来说，无论对人还是对物，有价值即用，一旦没了用处，便会被随意丢弃。

为虎作伥

在一个山清水秀、花草遍地的山坡上，走来一个读书人。他被这奇丽的风景所吸引，欣赏着优美的风光，信步进入密林深处。

天色将晚，读书人离开这里，想到附近镇子找个客栈住下。哪知他竟迷失了方向，找不到下山的路了。

正惶惑间，看见不远处有个简易木棚。读书人想："那里或许会有狩猎的人，权且借宿一夜。"

他走到木棚边，看到里边透出微弱的灯光。他心中一阵高兴，急走几步，进得木棚，只见一个猎人正在棚中吃饭。

读书人说明自己的情况，猎人很是同情，对他说："就在我这里住一夜吧，夜晚赶路很危险的。这地方老虎很多，碰上它就麻烦了。"

读书人十分感激，猎人让他一块儿吃了晚饭，然后说："我们夜里得住在树上，这样会更安全一些。"

两人爬上树，在吊铺上躺下。半夜时分，读书人被什么声音惊醒了，他听到似乎有许多人走动的脚步声和说话声。

一会儿，这些人走到他们藏身的树下。有人发现了猎人为捕杀老虎设置的窝弓，激愤地说："这一定是为暗算我们首领而设置的。"说着把窝弓上的弩箭卸了下来，然后扬长而去。

读书人不解地问猎人："刚才那些是什么人啊？"

猎人告诉读书人："那些人是被老虎害死以后变成的伥鬼。这些伥鬼不仅不仇恨老虎，还甘心当老虎的帮凶，真是太可恶了。刚才他们所说的首领就是老虎啊！"

猎人说完，急忙下树，重新安装好弩箭。他刚回到树上，只听一阵风起，一只猛虎窜了过来，前爪正好踏在窝弓的机关上，只听"嗷"的一声惨叫，老虎中箭倒地而死。

读书人要下去看看，却被猎人拦住了。

接着，他们就看到伥鬼们又匆匆赶来，见到老虎死了，顿时都哭作一团。

（宋·苏轼《渔樵闲话》）

寓意提示：有这么一种人，本是恶势力的受害者，反倒充当恶人的帮凶，帮着恶人干坏事。

瞎子摸象

很久以前，有一位国王命令手下官吏："你们到全国各地去，寻找一些天生的瞎子，把他们都带到宫里来。"

官吏们接到命令就出发了，将国内所有的瞎子都带到宫里，并向国王报告："我们已找到国内数目不少的瞎子，现在都站在大殿下面。"

国王说："把他们带出去，将大象指给他们。"

官吏们按照国王的命令，把那些瞎子带到大象面前，牵着他们的手，把大象指给他们。在这些瞎子中，有的摸着大象的脚，有的摸着大象的尾巴尖，有的摸着大象的尾巴根，有的摸着大象的肚皮，有的摸着大象的胁部，有的摸着大象的脊背，有的摸着大象的耳朵，有的摸着大象的头部，有的摸着大象的牙齿，有的摸着大象的鼻子。

这些瞎子们在大象旁边纷纷争论起来，都说自己摸到的是真的，别人摸到的是假的。官吏们又把这些瞎子牵回皇宫，带到国王面前。

国王问道："你们摸到大象了吗？"

瞎子们回答："我们都摸到了。"

国王问道："大象长得像什么啊？"

摸到大象脚的瞎子说："大象长得像是一个装漆的竹筒。"

摸到大象尾巴尖的瞎子说："大象长得像一把扫帚。"

摸到大象尾巴根的瞎子说："大象长得像一根棍子。"

摸到大象肚皮的瞎子说："大象长得像一面鼓。"

摸到大象胁部的瞎子说："大象长得像一堵墙。"

摸到大象脊背的瞎子说："大象长得像一张很高的床。"

摸到大象耳朵的瞎子说："大象长得像一个簸箕。"

摸到大象头部的瞎子说："大象长得像一只大斗。"

摸到大象牙齿的瞎子说："大象长得像一只长角。"

摸到大象鼻子的瞎子说："圣明的大王啊，大象长得像一根很粗大的绳子。"

这些瞎子们又在国王的面前一起争辩起来，都说："大王，大象真像我说的那样！"

国王哈哈大笑，说道："瞎子们啊！把你们每个人说的加在一块儿才是完整的大象啊！"

（《百喻经》）

寓意提示：每个人的见闻都有局限。只有集合各方面的理解和看法，才能认识全面。

狙公和猴子

楚国有一个以养猴为生的老人，名叫狙公。

每天早晨，狙公便召集所有的猴子，叫一只老猴子带领它们上山采摘果实。狙公把猴子采来的果实占为己有，只拿出一丁点儿给猴子吃。如果哪只猴子采的果实不多，狙公便拿鞭子抽打它。群猴受鞭打，吃尽了苦头，但不敢违抗。

一天，猴子们上山采摘果实时，一只小猴子说："山上的果树是狙公的吗？"

其他猴子说："不是的，这是天生的树木。"

小猴又问："这些果子是不是狙公的呢？"

其他猴子都说："不是的，谁都可以来摘。"

小猴说："那么，我们为什么要依靠狙公，而受他奴役呢？"

小猴的话让其他猴子醒悟了。当天晚上，等狙公睡熟了，它们合力砸坏了木笼和栅栏，拿了平日它们为狙公采摘积储的果实，都逃到山林里去，再也不回来了。

狙公因为没有猴子帮他采摘果实，最后竟然被活活地饿死了。

（明·刘基《郁离子》）

寓意提示：这则寓言说的是施暴政者玩弄权术、奴役人民，一旦阴谋败露，必将反噬恶果。

唇亡齿寒

虞国地处晋国和虢国之间。

晋国要去攻打虢国，欲向虞国借路通过，担心虞国不会答应。

晋国的臣子荀息向晋国公献计说："你如果肯把那块垂棘的玉石和那匹屈产的马送给虞国公，向他借路，他一定会答应的。"

晋国公说："垂棘的玉石是我祖传的宝贝；屈产的那匹马，是我最好的一匹马。如果虞国收了这两件东西，又不肯借路给我们，那时候怎么办？"

荀息说："他如果不答应借路，一定不敢随便收下我们的礼物；如果收了，那一定是答应借路了。他收下了也没关系。那块玉石和那匹骏马，只是暂时属于他们罢了，最后还是会归还我们的。把玉石放在虞国，只不过是把它从内室移到外室；把马送给虞国，也只不过是把马从这个马圈关到那个马圈里去罢了。要把玉石和骏马拿回来，易如反掌！"

晋国公采纳了荀息的计策，把礼物送给虞国，然后向虞国借路。虞国公得了玉石和骏马，立刻答应了晋国的要求。

虞国公的臣子宫之奇站出来劝虞国公："这样做是危险的！虢国是我们的邻邦，和我们的关系像嘴唇和牙齿一样，互相关联着。如果借路给晋国去攻打虢国，虢国灭亡了，我们虞国还能够保全吗？不要答应借路给晋国！"

虞国公并没有采纳宫之奇的意见。

晋军势不可当，一举消灭了虢国。

过了二年，晋国果然又兴兵灭了虞国。荀息把从前送给虞国公的玉石、骏马都拿回了晋国。

晋国公连声称赞荀息料事如神，感叹道："虞国和虢国都是小国，他们只有联合起来、团结一致，别国才不敢冒犯他们。真是唇亡齿寒啊！"

（先秦《吕氏春秋》）

寓意提示：关系密切的双方，失去一方，另一方也会受到威胁和伤害。

03

　　我国古代寓言故事题材广泛，形式活泼，从不板着面孔说教。虽然大多故事篇幅短小，但是寓意很深刻，读起来轻松有趣，既发人深省，又十分好玩，常常能让人会心一笑。

燕石藏珍

宋国有个愚蠢的人在梧台东边得到一块像玉的燕石，拿回去藏起来，认为是个大宝贝。周地有人听到后前去观看。

主人斋戒七天，穿上礼服，又杀牲口祭祀，打开皮革装饰的十层柜子，揭开橘红色的十层纱巾。

客人见到后，捂着嘴嗤笑说："这是燕石，与瓦砖没有区别。"

主人大怒，说："商人的话，巫匠的心！"

主人把这块石头藏得更严实，守得更加牢固。

（先秦《阙子》）

寓意提示：待人接物都应辨识好坏真伪。废物当宝贝，庸人作精英，不但贻笑大方，而且弊害无穷。

死错了人

东家岳母死了，家里人准备前往祭奠，请学馆的先生给他撰写一篇祭文。这位先生便按古书误抄了一篇祭岳父的祭文给了他。懂行的人看出了其中的错误，东家便责怪学馆先生。先生说："古书是经过修改审定的，怎么会错呢，只怕是他家死错了人。"

（清·方飞鸿《广谈助》）

寓意提示：不顾基本事实，一切从书本出发，只会生吞活剥地按书本上所写办事，怎么能避免出错呢？

鲁王养鸟

有一只海鸟飞到了鲁国的都城。鲁王从来没见过这种鸟,以为是神仙的化身,就派人把它捉来,亲自供养在庙堂里。

鲁王为了表示对这只海鸟的爱护与尊重,吩咐把宫廷最美妙的音乐演奏给它听,下令用最丰盛的筵席款待它。

但是海鸟体会不到鲁王这番盛情,只吓得神魂颠倒、举止失常,什么也不敢吃,没过两天就忧郁而死了。

(先秦《庄子》)

寓意提示:不同物种因环境条件养成了各自的生存方式,强行改变只能造成灾难性后果。

两友极厚

一位和尚对雪峰说:"恳求大师指示佛法。"雪峰说:"你说什么?"

和尚说:"甲乙两朋友,平常很厚交。一天,甲得了病,很是痛苦。乙来问候,说:'兄得的是什么病?需要什么?我都能为你效劳。'甲回答:'我是害了要银子的病,只要得到二三钱就够了。'乙假装没有听到,于是显出一副不敢出声的样子,问道:'你在说什么?'"

(明·潘游龙《笑禅录》)

寓意提示:貌似交往深厚的朋友,遇到危难相求竟然装聋作哑。这种所谓的厚交完全是虚假的。

混沌开窍

南海的帝王名倏，北海的帝王名忽，中央的帝王名叫混沌。

倏和忽经常在混沌的属地内相聚，混沌待他们非常友好。

倏和忽过意不去，商量设法报答混沌的恩情，说："人人都有七窍，用来看、听、吃和呼吸，唯独混沌没有，我们试着为他凿出七窍吧。"于是，倏和忽便开始给混沌凿七窍，一天凿一窍，七天过去而混沌也死了。

（先秦《庄子》）

寓意提示：无视客观规律，好心也会办成坏事。

两人评王

过去，有两个吴国人在一起评论国王的美丑。一个说："国王很漂亮。"另一个说："长得很丑。"争了很久，没有结果。两人都说："你可以钻到我的眼睛里去，那就能分出美丑了。"

国王的形貌是客观的，而两人观察起来却有美丑之别，这并不是故意要唱反调，而是因为眼光不同啊。

（魏·蒋济《万机论》）

寓意提示：不同的人有不同的观念。同一客体，用不同的眼光去看就会得出不同的结论。

卖宅避悍

有一个和凶悍之人做邻居的人，想把自己的房屋卖掉，以图躲开这个凶悍残暴的人。

有人对他说："你的邻居就要恶贯满盈了，你姑且等待一下吧！"

那人回答说："我害怕他拿我来满他的贯啊！"

于是便卖掉房屋搬走了。

（先秦《韩非子》）

寓意提示：不立危墙之下。凡含有危险的事物，决不可靠近沾边。

鲁人徙越

鲁国有一个人很会打草鞋，他的妻子很会织白绸。

后来，两口子想搬到越国去住。有人告诉他说："你到越国去必定会变穷。"那个鲁国人问："为什么呢？"

这个人回答说："做鞋是为了给人穿的呀，但是越国人习惯于赤脚走路；织白绸子是做帽子用的，但是越国人喜欢披散着头发不戴帽子。以你们的专长，跑到用不着你们的国家里去，要想不穷困，才怪呢！"

（先秦《韩非子》）

寓意提示：做事要制订计划并立足实际，不能凭借主观想象盲目莽撞。

周人怀璞

郑国人把没有加工雕琢的玉石称为璞，周人把没有腌制成干肉的死老鼠称为璞。

有一天，一个周人怀里揣着没有加工腌制的死老鼠问郑国商人："你想买璞吗？"

郑国商人回答说："想买。"

周人便从怀里掏出他带来的璞，原来是一只死老鼠。

郑国商人看了恶心，赶忙回绝了他。

（先秦《尹文子》）

寓意提示：同音不同字，同字不同音，是常见的现象，但常常在理解上造成误会。

楚王好细腰

从前，楚灵王喜欢腰细的官吏，所以楚灵王手下的大臣，都纷纷节食，每天只吃一顿饭，蹲在地上屏住呼吸，然后才勒住腰带，扶着墙慢慢站起来。

到了一年之后，宫中的官吏个个变得面黄肌瘦了。

（先秦《墨子》）

寓意提示：身居高位者的个人癖好往往会造成社会流弊，决不能疏于防范，任其发展。

吴中名医

从前，吴中有位出名的医生，出门乘坐华丽的车子，穿着华美的皮衣，脸色红润如丹砂，说话流利如转轮。凡是生病的人，不是他开的药不吃。服了他的药病愈的人，都说："这真是个良医。"而服了他的药死亡的，家里人却说："良医是不能把死人救活的。"

这种医生，不担当治死人的罪名，反而获得显赫的名声和丰厚的利益。生病的人家应当承担偏听偏信的过错啊。

（清·唐甄《潜书》）

寓意提示：行骗成功、受骗甘当的现象，在当今社会仍然不乏其例。识别骗子的最好办法是听其言观其行。

穿壁借光

匡衡自小聪明，勤奋好学，但家里很穷，没有蜡烛。虽然邻居有烛光，但照不到他那儿。

于是，匡衡便把墙壁凿个洞，把邻居家的烛光引到自己家里来，把书对着光来读。

（汉·刘歆《西京杂记》）

寓意提示：这则人物典故常被用来激励人们克服困难、发愤学习。

鹬蚌相争

河滩上，有一只河蚌张开了蚌壳正舒舒服服地晒太阳。

一只鹬飞来，用它那尖尖的鸟喙去啄河蚌的肉。

河蚌立即把壳合拢，紧紧地夹住了鹬的长嘴。

鹬说："今天不下雨，明天不下雨，你就成了死蚌！"

河蚌也对鹬说："我今天不放你，明天不放你，你就成了死鹬！"

就在河蚌和鹬僵持不下的时候，有一个渔翁走过来看见了，便笑着把它们一起捉走了。

（先秦《战国策》）

寓意提示：双方争斗，各不相让，两败俱伤，第三方因而得利。

南海人食蛇

  住在南海岛上的人爱吃蛇。有个人到中原一带旅行，把蛇腌制晒干作为干粮。到了齐国，他受到一位齐国人的热情接待。这个人非常高兴，便拿出一条有花纹的干毒蛇答谢主人。主人吓得直吐舌头，转身就跑。

  这位客人不明白原因，以为礼物太轻，连忙吩咐仆人找一条最大的干毒蛇送给主人。

（明·刘基《郁离子》）

  寓意提示：异域不同俗，不应只按自己的习惯待人接物。

夜郎自大

  滇王和汉朝派遣的使者交谈时说："汉朝与滇国相比，哪一个大？"

  到夜郎侯与汉朝使者交谈时，夜郎侯也这么问。

  由于交通闭塞的缘故，滇王和夜郎侯各自认为自己的国家是很大的，却不知道汉朝更大。

（汉·司马迁《史记》）

  寓意提示：自我封闭，孤陋寡闻，往往致使人们患上狂妄自大之病。

许由出逃

唐尧要把管理天下的重任让给一个叫许由的贤士。许由不愿意接受这个重任而出逃了，住在一家平民百姓的家里。

那户人家的主人怀疑许由会偷窃东西，便藏起了自己的皮帽子。

许由能够抛弃权势隐居，甘愿过平凡的生活，而那户人家的主人却藏起自己的帽子，实在是太不理解许由了。

（先秦《韩非子》）

寓意提示：人们必须经过一定时间的交往和了解，才能取得彼此的信任。

恶狗溺井

有个人因为他的狗十分凶猛，很会看门，就非常喜欢它。

这条狗经常跑到井边撒尿。一天，他的邻居看见它又在井边撒尿，准备进去告诉它的主人。

狗非常憎恨这些邻居，便挡住门口乱叫狂吠。

邻居很害怕，终于没有办法进去告诉它的主人。

（先秦《战国策》）

寓意提示：恶狗不让他人进去，生怕揭穿它的恶行。

曾参杀人

有一个和曾参同名同姓的人杀了人。曾参的母亲正在织布，有人跑来告诉她："曾参杀人了！"曾参的母亲听了，说："曾参不会杀人。"说完照常织布，不当一回事儿。

过了一会儿，有人急急忙忙跑来告诉她："曾参杀人了！"曾参的母亲依然镇定自若地继续织布。

再过一会儿，又有一个人跑来对她说："曾参杀人了！"曾参的母亲再也沉不住气了，扔下织布的梭子，翻过院墙逃走了。

（先秦《战国策》）

寓意提示：假话听多了就会信以为真，流言蜚语害人。

搔痒

从前，有一个人不爱洗澡，所以他的皮肤经常发痒。身上感到痒了，他便吩咐儿子找到痒处给他搔痒。儿子找不着痒痒的地方，他又叫妻子找，找来找去还是找不着。

那个人发脾气说："老婆、孩子都是我贴心的人，为什么找个痒痒的地方都找不到啊？"无奈，他只好自己动手，一搔就搔到了痒处。看起来自己的痒处还是自己最清楚啊！

（明·刘元卿《应谐录》）

寓意提示：解决问题只有自己最为可靠。

康衢长者

有个住在大道边的老者，给自己的童仆起名叫"善搏"（即擅长打架），给自己的狗起名叫"善噬"（即擅长咬东西）。

此后三年里，客人们都不敢经过他的家门。

老者感到很奇怪，就问他们是什么缘故，客人们这才实话回答了他。

于是，老者改了童仆和狗的名字。

客人们又去他家做客了。

（先秦《尹文子》）

寓意提示：错误的印象会造成恶劣的后果，求实务本、名实相符十分重要。

金玉其外

杭州有个卖水果的商人，很善于贮藏柑橘，保存一年也不腐烂。柑橘取出来以后，外皮像美玉一样细腻，像金子一样闪亮，摆在集市上，价格比原来提高了十倍，人们还是争着购买。

有人强挤着买到了一个，刚一剥开，就觉得有一股霉味儿直扑口鼻，再看里面，都已经干枯得像破棉絮了。

（明·刘基《卖柑者言》）

寓意提示：有的东西往往外表鲜亮而内心腐败，人也一样。

金钩桂饵

鲁国有一个爱好钓鱼的人，用名贵的香料肉桂当鱼饵；用黄金制成鱼钩，并在鱼钩上镶嵌银丝和青绿色的美玉；用翡翠这种极其珍贵的美玉来装饰他的钓绳。

他拿钓竿的姿势和寻找的位置也很适当。

但是，他钓上的鱼却没有几条。

（先秦《阙子》）

寓意提示：做事要注重实际效果，没必要追求形式的华美。

野猫偷鸡

有个叫郁离子的人居住在山里。夜间有只野猫偷他家的鸡，郁离子起来追赶，但没有追上。

第二天，仆人在野猫钻出来的地方安置了捕兽工具，并用鸡作诱饵。当天晚上就把野猫捆住了。野猫的身子虽然被绳索捆住了，但嘴和爪子都还死死地捉着鸡。仆人一边打，一边夺鸡，野猫至死仍然不肯松开它的嘴和爪子。

郁离子叹了口气："为钱财利禄而死的人们，大概也像这只野猫吧！"

（明·刘基《郁离子》）

寓意提示：嗜偷成性，至死不改。

秋蝉

有个主人对待身边的仆人很刻薄，仆人时常吃不饱穿不暖。

一天，仆人听见秋蝉叫，便问主人道："这是什么东西在叫？"主人回答："是秋蝉叫。"

仆人问："蝉吃什么东西？"主人回答："只是吸风饮露罢了。"

仆人又问："那蝉穿不穿衣服呢？"主人回答："不穿。"

仆人说："那么这蝉做你的仆人就最合适了。"

（明·冯梦龙《广笑府》）

寓意提示：讽刺那些只要求别人做事，而不给别人提供任何条件的人。

滥竽充数

齐宣王喜欢听吹竽，每次都命令几百人一齐吹竽给他听。

南郭先生不会吹竽，也混在吹竽的行列里面，装模作样，似乎他也是个吹竽能手。吹完竽之后，他也同样能拿到很多赏钱。

齐宣王死后，齐湣王即位。

齐湣王同样喜欢听吹竽，但喜欢听独奏。

南郭先生得知这个情况，只好灰溜溜地走掉了。

（先秦《韩非子》）

寓意提示：这则寓言说的是没有真实本领而混在行家里面充数。

麻雀请客

一天，麻雀请翠鸟、大鹰来赴宴饮酒。

麻雀对翠鸟说："你穿这样鲜艳、明丽的衣服，当然要请你坐上席。"

麻雀对大鹰说："您虽然身躯庞大，却穿一身这样破旧衣服，只好屈尊您坐在下席。"

大鹰愤怒地说："你这个小人奴才，怎么这样势利？"

麻雀说："世界上谁人不知道我心肠小、眼眶浅呢？"

（清·石成金《笑得好》）

寓意提示：只重外表，不论本质，趋炎附势，短视待人，如同麻雀。

一毛不拔

有一只猴子，对菩萨说："做猴子太苦了，请把我变成人吧！"

菩萨说："好办。不过你要做人，必须把身上的毛拔光。"

猴子说："我照办就是。"

于是，菩萨叫小鬼替猴子拔毛。

谁知才拔第一根毛，猴子就大叫："痛啊！痛啊！我受不了了！"

菩萨笑道："做人怎么能一毛不拔呢？"

（魏·邯郸淳《笑林》）

寓意提示：喻人极端自私和吝啬。

两败俱伤

韩子卢是天底下跑得最快的狗；东郭逡是四海之内最狡猾的兔子。

韩子卢追逐东郭逡，绕过三座山，跃过五个山头。

跑在前面的兔子疲惫极了，追在后面的黑狗也困倦不堪。

狗和兔子都精疲力尽，各自死在它们所在的地方。

农夫看见了，不费一点力气就独占其利，得到了狗和兔子。

（先秦《战国策》）

寓意提示：两方争斗，互不相让，结果两败俱伤，让第三者得利。

养猿于笼

有个人用笼子养了一只猿猴，已经养了十年。那人十分怜悯它，就把它放生了。

过了两天，这只猿猴又回来了。这人心里想："应该是放得还不够远吧！"

于是，他就派人抬着猿猴，一直送到深山大谷里。

这只猿猴由于长期生活在笼子里，忘记在野外觅食的习性，以致没法获得食物，最终哀鸣着饿死了。

（明·刘基《郁离子》）

寓意提示：环境条件改变适应能力，被圈养的动物无法自主生存。

楚人学语

有个楚国的大夫想要叫他儿子学会说齐国话，便找了一个齐国人来教他，但是有许多楚国人继续用楚国语来干扰他。虽然父亲天天用鞭子抽打这个孩子，硬要他学会齐国话，结果还是没有学会。

后来，这个大夫把儿子带到齐国的临淄街市上住了几年，这个孩子很快就学会了齐国的语言。

反过来，再让这个孩子说楚国话，即使用鞭子打他，他也不会说了。

（先秦《孟子》）

寓意提示：学习语言和掌握知识、认识事物一样，生活在相应的环境之中相当重要。

叶公好龙

叶公喜欢龙是在远近出了名的。他在衣带钩上画着龙，在酒杯上刻着龙，在卧室、门窗、梁柱上全部雕绘着龙。

天上的真龙听说了这件事，很感动，便下到凡间来看望叶公。真龙把龙头往窗前一放，叫着叶公的名字，叶公吓得屁滚尿流，撒腿就跑。

（汉·刘向《新序》）

寓意提示：表面上爱好某种事物，实际上非但并不爱好，而且对其心存恐惧。

丁氏穿井

宋国有个姓丁的人，家里没有井，经常需要一个人专门出去打水。后来，他家里挖了口井，他便告诉别人："挖井使我得了一个人。"有人听了，传言说："姓丁的在井里挖到了一个人。"

结果传言让宋国的君主知道了，国君便派人去姓丁的人那儿证实此事。姓丁的人回答说："我的意思是挖井后省了一个在外打水的人，家里就多了一个可供使唤的人，而不是说从井里挖到了一个人。"

（先秦《吕氏春秋》）

寓意提示：道听途说，传言舛误，因而对于流言蜚语一定要审辨核实，绝对不能以讹传讹。

丢斧之人

有一个人丢失了斧头，怀疑是邻居的儿子偷去了。这个人看见邻居的儿子走路，像是偷了斧头的样子；观察他的脸色，也像是偷了斧头的样子；听他说话也像偷了斧头的样子；一举一动都像是偷了斧头的样了。

不久，这个丢斧头的人在挖坑时找到了斧头。过了几天，他又见到邻居的儿子，动作态度没有一点像是偷斧头的。

（先秦《列子》）

寓意提示：主观上设定一个结论，然后毫无根据地片面印证，是人们时常会犯的错误。

自作聪明

高阳应要盖房子，家匠对他说："不行呀，木头还没有干，加泥在上边必定要弯曲。用不干的木头盖房子，现在看着好，以后必定要倒塌。"

高阳应说："依你的说法，那房子是不会坏的。木头越干就越硬，涂的泥越干就越轻，用越来越坚硬的东西负担越来越轻的东西，就不会倒塌。"

家匠无言答对，只好根据高阳应的吩咐盖起了房子。

房子刚刚盖成时很好，后来果然塌了。

（先秦《吕氏春秋》）

寓意提示：自以为是，不懂装懂，用歪理邪说否定正确的意见，必定会造成灾难性的后果。

难为东道

有个和尚，每个夏夜都赤膊坐在山边，口里不断念佛，要舍身喂蚊子，专修佛身。

观音大士想要验证一下他是诚心的，还是作假的，于是化作一只老虎，咆哮着来到山边，想要让他舍身给老虎吃。和尚急忙抽身而起，大叫道："今晚撞见这个大顾客，这样的东道怎么做得起啊？"

（明·冯梦龙《广笑府》）

寓意提示：无论修习还是做事，心意须要精诚笃定，否则很难成功。

画鬼最易

有一个画家为齐王充当画师。齐王问他："你是画师，知道什么东西难画吧？""画狗、画马，都是相当困难的。"画家答道。

齐王又问："画什么最容易呢？"画家道："画鬼是最容易的。因为狗和马人人看得见，天天摆在面前，要画得惟妙惟肖，就很不容易。至于鬼呢，无影无形，谁也没有见过，都不清楚它的长相到底怎样，那就随我怎样想就可以怎样画。谁也不能证明这鬼画得像还是不像，所以画鬼最为容易。"

（先秦《韩非子》）

寓意提示：实有之物不易描绘，虚妄之形随意涂抹。

合种田

过去，有兄弟两人合着种田，谷子成熟了，商议分谷子。

哥哥对弟弟说："我拿谷子的上半截，你拿下半截。"弟弟惊讶哥哥竟然这么不公平。

哥哥说："这不难，等到明年，你拿上半截，我拿下半截，可以了吧？"到了第二年，弟弟催促哥哥赶快下谷种，哥哥说："今年就种芋头吧！"

（魏·邯郸淳《笑林》）

寓意提示：喻讽世间那些极端自私、工于算计的人。

古琴高价

能工巧匠工之侨得到了一块特别好的梧桐木，把它削制成了一张琴。琴弹起来声音像金钟、玉磬一般和谐动听。

工之侨自以为这是天下最好的琴了，就拿去献给朝廷的乐官太常。太常请宫中的乐工查看了一番，说："这不是古琴。"就退还给了工之侨。

工之侨把琴拿回家里，请漆工在琴上画了一些断断续续的花纹，又请雕工在琴上刻镂了一些难辨的古字。然后，他把这张琴用匣子装着埋进了土里。

过了一年，工之侨把匣子挖出来，取出琴抱到市集上去卖。一个达官贵人看到这张琴，立即出一百两金子买去献给了朝廷。宫中的乐官们一个个争相传看，都说："这张古琴真是世上绝无仅有的珍宝啊！"

（明·刘基《郁离子》）

寓意提示：世上的物件并非是越古越好，而是要从实际出发加以评价。盲目崇古、唯古是尊的观念十分的荒唐可笑。

按图索骥

伯乐是天下最著名的相马人。在他所著的《相马经》上，良马的特征是前额饱满，眼似铜钱，四蹄圆正就像是叠摞起来的酒糟曲饼。

伯乐的儿子拿着《相马经》，照着书上描写的外出找马。

路上，他看见一只动物，便掏出书本进行比较：鼓鼓的前额，大大的眼睛，和书上写的大致相同，只是蹄子扁扁的还没有长成书上描写的那样。

伯乐的儿子以为：它和书上所写的大致相同，应该是匹好马。

他就把那只动物带回家去，告诉父亲："我找到了一匹好马。"

伯乐知道自己的儿子很是愚蠢，只好转怒为笑地说道："你找到的这匹马喜欢蹦跳，但是实在没有办法驾驭它啊！这不过是一只癞蛤蟆！"

（明·杨慎《艺林伐山》）

寓意提示：认识事物必须抓住本质特点，不能生搬硬套，拘泥成法。

网开三面

商汤发现手下的人在围捕猎物时，在四下里都布下罗网并且向神明祷告说："从天上飞下来的，从地底钻出来的，从四面八方跑来的，都撞到我的网里来啊！"

商汤说："咦！这是一网打尽啊！除了残暴的夏桀，谁能做出这样的事情呢？"

商汤便下令收去了三面的网，只在一个面布置了罗网，并叫那人改变祷词说："过去，蜘蛛用脚织出了网，现在人们也学会了织网。你们这些鸟兽，想往左边的就往左走开，想往右边的就往右走开，想高飞的便高飞，想钻洞的便钻洞，我仅仅捕捉那些命里注定该死的啊！"

汉水以南的各国诸侯听了，都说："商汤的恩德已经施舍到了禽兽身上，真是个仁慈的人啊！"于是，很多诸侯国都归顺了商汤。

（先秦《吕氏春秋》）

寓意提示：统治者盘剥民力，要留余地，不能敲干榨净。否则，将会失去民心，危及政权稳定。

做贼心虚

枢密院的直学士陈述古，曾在建州浦城县当过县令。

当时，有家富户被盗，告到官府，捉住了几个人，但不知道谁是真正的小偷。陈述古便对他们说："一座寺里有口大钟，能辨认出真正的小偷，非常灵验。"

于是，他就吩咐人郑重地把这口钟迎到县府衙门来。然后，他把嫌犯们带到钟前，当面告诉他们："如果没有偷东西，摸这钟时，大钟就不会发出声音；如果偷了东西，它就会发出声音。"

陈述古亲率同僚向钟进行肃穆的祈祷。祈祷完后，他让人用围幕把钟围起来，然后暗暗派人用墨汁涂钟，涂了好久，才叫那些囚犯一个一个地进入围幕里去摸钟。等他们出来后，他叫他们把手拿出来检验。众人手上都有墨迹，唯独一个嫌犯手上没有。

一经审问，这个人承认自己就是真正的盗窃者。因为他怕钟发出声音，所以不敢去摸。

（宋·沈括《梦溪笔谈》）

寓意提示：贼人胆虚，做了坏事总是会自我暴露的。

杯弓蛇影

有一位名叫乐广的人请他的好朋友到家中喝酒。

那位朋友拿起酒杯，忽然看见酒杯中有一条小蛇在晃动，但是出于礼貌，还是勉强把酒喝了下去。

但是，那位朋友回家后就生了重病。

听说朋友病了，乐广特地前去看望，并且问明了得病的原因。

乐广心里很纳闷："酒杯里怎么会有小蛇呢？他会不会看错了呢？"

为了弄清事实，乐广回到家里，便坐在大厅里那位朋友曾坐过的位置上，斟满酒杯，查看起来。忽然，他看到了酒杯中的小蛇——原来是挂在墙上的一张弓的影子映在了酒杯里。

乐广大喜过望，立刻到那位朋友家里，把真相告诉了他。

那个人解除了心病，身体立刻好了。

（唐·房玄龄《晋书》）

寓意提示： 因疑神疑鬼而自惊自怕，实在是愚不可及。

五十步笑百步

梁惠王对孟子说："我对于治理国家，真是费尽心力了。河内闹灾荒，我便把那儿的灾民迁移到河东，同时还把河东的一部分粮食运往河内。假如河东闹灾荒，我也是这样办理。我曾经观察邻国的政治，都没有像我这样关心百姓的。但是邻国的百姓并不因此减少，我的臣民也并不因此而增多，这究竟是为什么呢？"

孟子回答："大王喜欢战争，请让我用战争来做比喻。咚咚擂起战鼓，枪尖刀锋一接触，作战的人丢盔弃甲拖着武器向后逃跑。有的一口气跑了一百步停下来，有的一口气跑了五十步停下来。那些跑了五十步的人嘲笑跑了一百步的，说他胆子太小了，他们说得有理吗？"

梁惠王说："不能这样说，那些跑了五十步的只不过没有跑到一百步而已，但这同样是逃跑嘛。"

孟子说："大王如果懂得这个道理，那就不要希望百姓比邻国多了。"

（先秦《孟子》）

寓意提示：有许多看似不同的事物，实质其实一样，只是在数量和程度上存在差异。

五十里与三十里

古时候有一个村落，离都城有五十里远。

这个村里的水十分甘甜，国王就命令村里人，天天给他送这甘甜的水。

村民们受不了这劳苦，都想迁移到别的地方，远远离开这个村子，躲开这种苦役。

这时，村长对乡亲们说："你们先别走，我这就去国王那里替你们求情，把五十里改成三十里，让你们离京城近些，这样天天往来就不疲劳了。"

于是，村长就进城向国王提出了请求，国王立即把五十里改成了三十里。众村民听说后，都非常高兴。

有一个村民却说："这路程本来就是五十里，把它说成三十里也没有什么不同。"

大家听了，还是相信国王的话，到底不肯离开这个村庄。

(《百喻经》)

寓意提示：对权势的盲目尊崇，致使民众丧失了基本的思考和判断能力。

赵襄子学御

　　古时候，有一个叫赵襄子的人向最善于驾车的王子期学习驾驭车马。学了一段时间，他跟王子期赛起马来。赵襄子几次换马，都胜不了王子期。

　　赵襄子说："你教我驾车，没有把真本事全传给我吧？"

　　王子期回答说："本事都教给您了呀！倒是您使用得不对头啊！凡是驾驭车马，特别需要注重的是使马在车辕里更舒适，人的心意要跟马的动作协调，这样才可以加快速度，达到目的。可是刚才您一落后，就想赶上我；一领先，又生怕被我赶上。其实，驾车赛跑时，不是跑在前面就是掉在后面。而您不管是跑在前面，还是掉在后面，都总是把心事用在和我比赛快慢输赢上，这样哪里还有心思去驾驭啊？这就是您会落后的原因。"

（先秦《韩非子》）

　　寓意提示：做任何事情都要专心投入，若一味考虑个人的利害得失，则无法获得好的成绩。

鹳鸟迁巢

子游做武城宰时，城门外的土墩上住着的鹳鸟，忽然把巢搬到一个坟墓前面的石碑上去。看守坟墓的老汉就把此事告诉了子游："鹳鸟，是种能够预知天将下雨的鸟。它突然把巢搬到高处，说明这一带要发大水了吧？"子游说："知道了！"他立即命令城里人都准备好船只等待大水的来临。

过了几天，果然大雨成灾，山洪暴发，城门外的那个土墩被淹没，雨还是下个不停，水涨得都快淹没了那坟墓前的石碑。鹳鸟的巢眼看要被冲走，鹳鸟飞来飞去地悲鸣，不知道跑到哪里去安居才好。

子游见此景况叹息说："可悲啊！鹳鸟虽有预见，但可惜考虑得不够长远！"

（明·刘基《郁离子》）

寓意提示：预见必须与远见相结合，光有预见而没有远见，并不能保证事情不发生某种意外。

戴高帽

大家把奉承别人说成戴高帽。

有一个在京城做官的人被派到外地当官，于是他去向他的老师告别。

老师嘱咐说："外地做官不容易，要谨慎些。"

那人说："老师，请放心。我已准备了一百顶高帽子，逢人就送他一顶，这样就安全多了。"

老师听了生气地说："我们要以正直的行为来待人接物，怎么可以给人戴高帽子呢？"

那人说："老师息怒，我认为天底下没有几个像您这样正直的人了。"

老师听了心中很舒服，点点头说："你说的话不是没有道理。"

从老师那里出来后，那个人对别人说："我的一百顶高帽子，现在只剩下九十九顶了。"

（清·俞樾《一笑》）

寓意提示：人们一般喜欢顺耳之言，故而盛行溜须拍马、阿谀奉承之风。

三人成虎

魏王指令庞葱陪太子到赵国的都城邯郸去做人质。临行前，庞葱对魏王说："假如现在有人说街上有老虎，大王相信不相信呢？"

魏王说："不信。"

庞葱又说："如果有两个人说街上有虎，大王相信不相信呢？"

魏王说："我疑惑了。"

庞葱再说："如果有三个人说街上有虎，大王相信不相信呢？"

魏王说："这我就相信了。"

庞葱说："街上明明没有老虎，然而因为有三个人说有老虎，你就相信有老虎了。现在从赵国的都城邯郸到魏国的都城大梁比从这里到街市上远得多啊，若说我坏话的人超过了三个，恳请大王不要轻信，而要仔细分辨真伪啊！"

魏王说："我自己知道该怎么办，不会随便相信人言的。"

随后，庞葱向魏王辞行，陪太子到邯郸去做人质。然而，人刚刚走，向魏王进谗言的人就来了。

后来，太子被放回来了，而魏王却再也没有召见过庞葱。

（先秦《韩非子》）

寓意提示：流言惑众，误假为真。谣言传播，往往会使人轻信为真。

市中弹琴

有个琴师在街市上弹琴。街上的人以为他弹的是琵琶、三弦之类的乐器，听的人很多。等听到琴声清淡无味，人们都不喜欢，渐渐都离开了。

唯有一个人不走，琴师高兴地说："好了！我还有一个知音，这也不辜负我的一番心意呀！"那个人说："要不是这张搁琴的桌子是我家的，我等着把桌子搬回去，我也早就离开了。"

（清·石成金《笑得好》）

寓意提示：艺术需要受众，没人喜欢自然难觅知音。

州官放火

田登做太守，忌讳别人直称其名。有人冒犯，他一定大发雷霆。他手下的小吏、兵士大多因此遭受鞭打。"灯"与"登"同音，于是全州的人都把"灯"说成是"火"。

元宵节要放花灯，他手下的小吏不敢写"放灯"，便在悬挂于街头的公告榜上写上："本州按例放火三天。"

（宋·陆游《老学庵笔记》）

寓意提示：因官员禁忌而限制和扭曲人们的言论表达，足显当时官场的荒唐和黑暗。

一钱莫救

有一个人极为悭吝。在外出的路上，他遇上河水突然上涨，吝啬得不肯出摆渡钱，自己冒着生命危险涉水过河。人到河中，水势凶猛，把他冲倒了，他在水中漂流了大概半里路。

他的儿子在岸上，寻找船只去救助。船夫出价，要一钱才肯前去救助，儿子只同意出价半钱。为了争执救助的价钱，他们相持了好长时间，一直没有说妥。

落水之人在垂死的紧要关头，还对着他的儿子大声呼喊着："我的儿子呀！我的儿子呀！如果出价半钱就来救我，若要一钱就不要来救了啊！"

（明·冯梦龙《广笑府》）

寓意提示：吝啬贪婪、财迷心窍、嗜钱如命是会断送卿卿性命的。

宣王好射

齐宣王喜好射箭，尤其喜欢别人夸赞他力气大，能够拉开强弓。其实，他使用的是只用三百来斤力气就能够拉开的弓。

齐宣王时常表演拉弓给臣子观看。那班臣子为了讨好宣王，就一个个装模作样地来拉那张弓，并且只把弓拉开一半，然后故作惊讶地说："哎呀，没有一千多斤的气力，要拉开这弓是绝对做不到的啊！若不是大王力大如神，又怎么能使用这么强的弓呢？"

齐宣王听了非常高兴。

然而，齐宣王拉弓所用的力气不过三百来斤，可是他一辈子以为自己有千斤臂力。

所谓齐宣王力气大只是徒有虚名而已。

（先秦《尹文子》）

寓意提示：好大喜功的人，必然追慕虚名而不求实际。本欲欺世盗名，反落得被人所欺。

校人烹鱼

从前，有人送给子产一条活鱼。子产让管鱼池的校人把鱼放养到池塘中去。校人拿到鱼后，没有放到鱼池中去喂养，而是把鱼煮着吃了，回头报告子产说："我刚把那条鱼放进池塘时，它还是半死不活的，过了一会儿，它就自由自在地游了起来，一下子就游得无影无踪了。"

子产说："这太好了，鱼儿算找到它想去的地方了！"校人从子产那儿出来，对人说："谁说子产智力超人？我已经把那条鱼煮着吃了，他还在说'鱼儿算找到它想去的地方了'。"

所以说，即使是君子，编造合理的话也可能使他受骗，但不合情理的话是骗不了他的。

（先秦《孟子》）

寓意提示：对于别人讲的话，若貌似合理便轻信，极易受骗上当。

二技致富

有个以钉铰手艺为生的人，路上遇见皇帝驾临在郊外。皇帝所戴的天平冠坏了，就下命令叫他去修补。修完后，皇帝赏给他一笔可观的酬金。

手艺人回到山里，遇见一只老虎趴在地上呻吟。老虎见了他，把脚爪举起来给他看，原来脚爪上有根大竹刺。他就为老虎拔掉了那根刺，老虎衔来一只鹿作为报酬。

到了家里，他对妻子说："我有两种绝技，可以立即致富！"

于是，他在门上书写两行大字："专修补平天冠，兼拔虎刺。"

（明·谢肇淛《五杂俎》）

寓意提示：为皇帝修冠冕和给老虎拔出脚爪上的竹刺都是个例，把这些偶发的现象当成自命不凡的职业特长显得尤其荒唐。

妄语误人

有个乡里人张某，为人十分阴险狡诈，即使是父母兄弟也不能从他嘴里听到一句实话。而且这人的口齿伶俐，极善花言巧语，很多人都受过他的欺骗。因此，人们给他取了一个绰号，叫作"秃项马"。马的项颈秃了，就是没有鬃毛。"鬃"与"踪"同音，讥讽他说话迷离闪烁、虚幻不实，让人无法相信。

有一天，张某和他父亲夜晚赶路，迷失了方向。他们隔着田垄看见几个人正围坐在一起，便大声呼喊问道："我们应该向哪个方向走呀？"

有好几个人都回答说："向北。"

结果，还没走上几步，他们便陷到泥沼中去了。

他又远远地问那些人，那些人又都回答说："向东转。"

他们向东一转，几乎遭到灭顶之灾——父子二人在泥沼中翻滚挣扎，怎么也出不来了。

这时，只听见那几个人拍掌笑着说："秃项马，你今天可知道说假话的后果了吧！"

那声音就近在耳边，却看不到人影。这时，他才知道是鬼在捉弄他。

（清·纪昀《阅微草堂笔记》）

寓意提示：假话骗人者，终有被假话反骗的时候。

面貌已改

从前有一对夫妇，两人都长得五官端正、眉清目秀、姿态俊美，可称得上举世无双。丈夫贤良，妻子温柔，两口子你敬我爱，终日无厌。

这样和美的日子没过多久，突然间夫妻两人都双目失明了。他们相悯相怜，唯恐谁被别人欺凌。丈夫怕失去妻子，妻子怕失去丈夫。夫妻俩厮守同坐，一会儿也不离开。

许多年以后，他们的亲朋好友从远方为他们觅得了名医良方。亲友们把煎好的药拿给他们吃，两人刚吃下去，眼睛一下子都重见光明了。

这时候，丈夫发现妻子的容貌已改，痛心地高声呼叫："谁把我的妻子换走了？"妻子看见丈夫已经年老皮皱，也悲哀地高喊："谁把我的丈夫抢去了？"亲友们明白了事因，就劝解他们说："年轻时的美貌丽姿，随着岁月的流逝而失去了。人到老年，气弱力衰、面皮粗皱、日新月异。要是拿衰老的容貌与青春的容貌相比，岂不是跟钻冰取火同样荒唐吗？你们为什么还要悲呼哀叫，互不相认呢？"

夫妻二人对着镜子一照，自己感叹道："年纪已经衰老，华姿美色怎么能够长留不去呢？艳容玉貌只在一时，为什么还要悲愁哀怨、徒增烦恼呢？"

（《出曜经》）

寓意提示：岁月如梭，青春流逝；容颜虽易，情谊未改。

不死之术

从前，有个人说他有长生不死的法术，燕国的国君便派人去跟他学习。但是，派去的人还没有走到，那个人已死掉了。燕国国君对派去的人大发脾气，并准备把他杀掉。

国君身边的侍臣劝阻他说："人最担心的莫过于死，而最贵重的莫过于生。那个说他有长生不死之术的人自己竟然死去了，又怎么能让您不死呢？"于是，国君便不再杀那个被派去的人了。

（先秦《列子》）

寓意提示：连自己的命都保不住，足见那个吹嘘懂得长生不死之术的人是个骗子。

黄雀在后

园子里有一棵榆树，树上有一只蝉。这只蝉振翅鸣叫，想要喝清凉的露水，却不知道自己身后有一只螳螂。螳螂弯曲脖颈，正好可以捕捉蝉。螳螂正准备捕捉蝉，却不知道黄雀在自己身后，准备捕捉螳螂吃掉。

黄雀正准备吃掉螳螂，却不知道有小孩子拿着弹弓站在榆树下，正准备弹射自己。小孩子正准备弹射黄雀，却不知道自己的前方有个很深的坑，背后有个树桩。这些都是贪图眼前利益，却不顾身后害处。

（先秦《庄子》）

寓意提示：为了私利欲攻击他者，却不知道自己背后隐藏的危险。

海鸥识奸

大海边上有一个村子，村子里住着一个十分喜爱海鸥的渔夫。他每天划船出海，友好地寻找海鸥。他慢慢地和海鸥熟悉了。海鸥也和他混熟了，不但不怕他，还成群结队地飞到他的船边来，在小船的四周飞来飞去。他看到这么多海鸥围着他，心里很高兴。

一天，他又要出门到海上去，他的父亲对他说："听说你天天和海鸥一起游玩，那些海鸥都和你混熟了，一点儿也不怕你。你今天出去，给我捉一只海鸥回来吧。"

渔夫回答父亲说："没问题，我会捉一只大的海鸥给你带回来的。"

他又划着小船到海上去了。

但是，那些海鸥从他的目光中看出了歹意，都不敢靠近他，只是远远地在他头顶上的空中回旋飞舞，再也不肯停落在他的船边了。

（先秦《列子》）

寓意提示：对于那些心怀恶意的人，当存戒备之心，保持安全距离，以防受伤害。

请君入瓮

有人告发文昌右丞周兴与左大将军丘神勣相互勾结谋反。

武则天命令来俊臣审查这件事。接到命令时，来俊臣正与周兴边讨论案子边吃饭。

于是，来俊臣对周兴说道："囚犯大多不肯承认罪行，你觉得应该使用什么办法让他们招认呢？"

周兴说："这太简单了，拿来一只大瓮，用炭火在大瓮四周烧起来，再命令囚犯进到大瓮里面，这样，囚犯还有什么事情不肯招认呢？"

于是，来俊臣找来一只大瓮，按照周兴的说法在大瓮周围烧起炭火来。然后，他站起来对周兴说："内官传来命令，要我审问老兄。现在就请你到大瓮里去吧。"

周兴听后，十分恐惧，很快便招认了自己的罪行。

（宋·司马光《资治通鉴》）

寓意提示：运用恶人自己的办法来惩治他，往往能有奇效；让作恶者自设陷阱，确是良方妙策。

新妇

卫国有个人驾车娶妻。

新婚的妻子刚上花车就问赶车的仆人："车子侧面的马是谁家的呢？"

赶车的仆人回答："是借别人的。"

那个妻子就对驾车的仆人说："要打侧面的马，不要用鞭子抽驾辕的马！"

马车到了门口，新婚的妻子下车时，告诉陪送来的女用人："快把炉膛里的火灭掉，以免发生火灾。"

新婚的妻子进屋看到一个石臼，又说："赶紧把石臼搬到窗户底下去，放在这里妨碍人们来往走路。"

婆家人听后都笑了起来。

这三句话，本来都是正确的，为什么会惹人发笑呢？因为这不是新婚的妻子应该说的。

即使是应该说的话，若说得太早也是不合时宜的啊！

（先秦《战国策》）

寓意提示：即使意见正确，也要选择表述的时机；若不看场合、不顾身份多嘴多舌，好话也会被人笑话。

齐王嫁女

齐国有一个姓于的人以宰牛为生。一天，屠夫正在忙着宰牛，突然听到邻居有人来喊他，看样子很是着急："于大哥，快回家吧，你家里来贵客了。"屠夫很纳闷，因为他自幼父母双亡，几乎没有什么亲人了，家里怎么会有贵客呢？屠夫说："好吧，等我收拾完这头牛就回去。"

那位邻居却急忙忙来拦他："快把活儿扔下吧！你知道是什么人到你家了？"

屠夫疑惑地问："到底是什么人？"

那位邻居压低了声音，凑到他的耳边说："是宫廷里来人了，还带来了好多礼物呢！"屠夫被弄糊涂了，于是，只好收拾了屠宰工具，随那位邻居回家去了。到了家里，他果然看到衣着华丽的官员在等着他，并热情地祝贺他："恭喜！贺喜！"

屠夫小心翼翼地问："不知喜从何来？"一位官员说："齐王看中了你，要把女儿嫁给你，还有丰厚的嫁妆，这岂不是天大的喜事！"

屠夫并没有现出高兴的样子。他沉吟片刻，对来者说："请代我转达对国君的衷心感谢，可惜我无福消受这样的恩宠。小民不敢欺骗国君，只好如实禀报，我因少时身患疾病，医生说我不可以成亲。"官员们回去将情况报告给齐王，此事只好不了了之。

后来，屠夫的朋友听说了此事，问他："这么美的事，你为什么拒绝？"屠夫说："凭我卖肉的经验推断，卖不出去的肉绝不会是好肉。"后来，那位朋友见到了齐王的女儿，发现她果然长得极丑。

（先秦《春秋左传》）

寓意提示：天上不会掉馅饼，凭空降临到头上的也不可能是好事。

列子射箭

　　列御寇给伯昏瞀人演示射箭。他把弓弦拉成满月，放一杯水在自己的手肘上，将箭发射出去，箭头在箭靶上重叠起来，一支箭刚射出去，另一支箭已经上弦。在这时候，列御寇站在那里就像木头人一样，一动不动的。

　　伯昏瞀人说："你的这种射术只不过是靶场上射箭时那种一般的射法，并不是那种在不射箭的时候就能显现高超射术的射法。假如我要你和我一同登上高山，攀上悬崖，面对万丈深渊，那时你还能射吗？"

　　于是，伯昏瞀人便登上高山，攀上悬崖，在靠近万丈深渊的地方，倒退着向悬崖的边缘走去，脚有二分悬在万丈深渊上面。他长揖招呼列御寇往前走。列御寇匍匐在地，汗水流到了脚跟。

　　伯昏瞀人说："那些至人，向上仰视青天，向下能潜入黄泉，遨游宇宙，神色也不为之变化。现在你只到悬崖边就吓得心惊肉跳，可见你内心太虚弱了！"

（先秦《列子》）

　　寓意提示：不射之射，方为最高的射技；无视悬崖深渊，才能够做到临危不惧。

挂牛头，卖马肉

齐灵公有个坏毛病，那就是喜欢宫女们穿着男装。由于灵公的喜好，齐国上下都模仿起来，很快成了整个国家的风气。妇女们不论老少都穿起了男装，结果搞得乌烟瘴气，影响非常不好。

看到这种情况，灵公便下令禁止，派官吏宣布说："如果再有女扮男装的，就撕破她的衣服、扯断她的衣带！"但是，虽然有许多女人被撕破了衣服、扯断了衣带，女扮男装的风气仍然禁而不止。

一天，晏婴前来拜见，灵公问他："我派官吏禁止女着男装。违者就撕破她们的衣服、扯断她们的衣带。撕衣断带的人到处都有，可是女着男装的风气还是制止不了，这究竟是为什么呢？"

晏婴回答："大王没有发现吗？这种事情在宫内受到鼓励，在宫外却严加禁止，正好像店铺门外挂着牛头，店内卖的却是马肉一样啊！君王要禁止女着男装，只要在宫内禁绝，那宫外的妇女谁还敢再穿着男装呢？"

灵公说："有道理。"于是，灵公下令禁止宫内的女子穿着男装。没过多久，齐国上下再也没有妇女着男装了。

（先秦《晏子春秋》）

寓意提示：上行则下效，不好的风气往往起始于统治者的喜好与倡导，若想禁绝，必须从源头制止。

畏影恶迹

有一个年轻人，竟然莫名其妙地畏惧起自己的影子，厌恶起自己的脚印来。他飞快地跑着，想躲开它们。

然而，他的脚步抬得越快，脚印也就越多；他跑得越快，影子也似乎跟得越紧。他认为自己跑得太慢了，就更加卖力地跑，片刻也不肯休息。到后来，这个人终于耗尽力气，累死了。

这个人想甩掉影子，却不知道站在阴处；想消灭脚印，又不知道静止不动，简直是蠢笨到了无可救药的地步。

（先秦《庄子》）

寓意提示：认识事物必须符合客观规律，否则只会毁了自己。

回生之术

鲁国有个叫公孙绰的人。他对别人说："我能够使死人复活。"

人们问他有什么办法。

他回答说："我平素能治半身不遂的病。现在我把治半身不遂的药加大一倍的量，就可以使死人复生了。"

（先秦《吕氏春秋》）

寓意提示：事物各有规律，只有遵循规律，才能正确应对。想当然的自以为是不但于事无补，而且终将造成灾难。

虎投河

绍兴西乡，有一条溪水很深。一小儿在岸边游玩，看见一只老虎来了，便窜入水中。他在水中游泳，一会儿浮出水面，一会儿沉入水底，借以窥看老虎的动静。

老虎坐在岸上，瞪眼看了很久，心里很急躁，口水流至唇边。它突然跳起来扑向小儿，于是便掉进了水里。老虎十分愤怒，迅速腾跃着，水被搅得像开水一样翻滚。最后，老虎竟累得跳不起来了。

结果小孩幸免于难，老虎却淹死了。

（清·袁枚《续子不语》）

寓意提示：与强敌斗争必须扬己之长，攻敌之短；避敌之长，防己之短。

自相矛盾

楚国有一个卖兵器的人。他在大街上鼓吹自己的盾说："我的盾非常坚固，没有什么东西可以刺穿它！"

接着，他又鼓吹他的矛说："我的矛锋利极了。无论什么东西，它都可以刺穿！"

有人问他："那么，用你的矛来刺你的盾，会怎么样呢？"

他目瞪口呆地回答不上来，只好羞愧万分地走了。

（先秦《韩非子》）

寓意提示：用对方的观点去反驳对方，是非常有效的方法。

不死之药

有个人来向楚王进献长生不死的药丸。门官急忙把药丸送进王宫里。

宫殿的守卫中有个善于射箭的人，上前拦住门官问道："这药丸可以吃吗？"门官回答说"可以的"，守卫就一把夺过来吃了。

事情报到楚王那里，楚王十分震怒，要处死守卫。

守卫为自己辩解说："小人问可不可以吃，门官说可以，所以小人就吃了。我犯了什么罪？有罪也是门官有罪啊！再说，那人献给您不死药丸，我吃了药丸却被杀死了，这药丸就是死药，正说明那送不死药丸的人存心欺骗您！倘若杀死我这无罪之人，就等于昭告天下——您这样贤明的君主受到了别人的欺哄。与其这样，倒不如饶恕了小人。"

楚王听他说得有道理，便不杀他了。

（先秦《韩非子》）

寓意提示：凡事皆要认真分析，不可轻信虚妄之言。

纣为象箸

商纣王命令手下把珍贵的象牙制成食筷，箕子见了惶恐不安。

他说："象牙筷子不能用来在瓷盆中夹东西吃，一定要用上等犀角和美玉制成的杯盘。一旦使用象牙筷子和犀玉杯盘，就不会再吃五谷杂粮，吃的肯定是牦牛、象、豹的胎仔了。桌上摆着山珍海味，就不会在茅屋下面穿着粗布衣服吃吃喝喝了，就必须配上里外三新的锦衣绣裳。再就是要住上宽敞的房子，登上高耸的楼台。我为大王奢侈的开始而感到惶恐不安，害怕大王会有不好的结局发生。"

后来，箕子的话果然得到了验证。商纣王下令建肉林、设酒池，还修筑了奢华的鹿台。极度的奢华加速了商王朝的败亡。

（先秦《韩非子》）

寓意提示：见微知著，细微的享乐能够开启追求奢靡、残暴贪婪的腐败之门。

天鸡

古时候有一个人深谙鸡的生活习性。

他养的鸡，冠子和爪子都不突出，羽毛的色彩也不鲜明，看起来平凡得很，但和别的鸡搏斗时，却是鸡中无敌的强者。它报晓也在别的公鸡的前头，所以人们称它为"天鸡"。

这个人临死时，把他的养鸡秘术传授给了他的儿子。

他的儿子却违反了父亲养鸡的方法：不是羽毛美丽、嘴爪锋利的，就不饲养。

因此，他儿子养的鸡再也不是早晨啼鸣最早、遇敌勇猛善斗的鸡了，而只是高冠昂首、饮水啄食的鸡罢了。

（唐·罗隐《罗昭谏集》）

寓意提示：用人之道，勿以貌取，只重外表，湮没真才。

庄子妻死

庄子的妻子死了，惠子前去吊丧。他看见庄子正岔开两腿像簸箕似的坐着，一边敲盆一边唱歌。

惠子说："你和你妻子住在一起，你妻子把子女抚养长大。现如今，她年老身亡，你不哭也就算了，还一边敲着盆子一边唱着歌，这岂不是太过分了吗？"

庄子回答说："不是这样。她刚死的时候，我怎么能不悲伤呢？可仔细思考一下，她在没有出世之前，原本就是没有生命的，不仅没有生命而且还没有形体，不仅没有形体而且还没有气息。在混沌恍惚之中变出了气，气再变就有了形体，形体再变就有了生命，现在又变而为死。这就好像春、夏、秋、冬四季更替运行一样。人家现在已经静静地安息在天地这个大房屋里，而我却嗷嗷地哭她，我以为这样做是不通达天命的表现，所以就停止了哭泣。"

（先秦《庄子》）

寓意提示：道家的生死观认为，人的生死不过是气的聚散和自然规律的变化。

修鞋匠与乐工

有位修鞋匠住在一位乐工的隔壁。

修鞋匠的母亲死了，还没有装殓入葬，但乐工还是每天不停地弹奏他的乐器。

修鞋匠因此十分恼火，于是两个人相互辱骂，还打起了官司。

乐工说："这是我谋生的职业。我如果不摆弄乐器，就没饭吃、没衣穿。"

法官最后判道："这是他的本职工作，怎么能因丧事而停止呢？来日乐工家里如有丧事，你也可以不停止修鞋嘛。"

（宋·王说《唐语林》）

寓意提示：人际相处，若能彼此间多一些理解和宽容，便多了和睦而少了纷争。

有钱者生

有个姓李的老汉种茄子种不活，常常为此苦恼。

于是，他去向一位姓张的老汉讨教。姓张的老汉告诉他："每种一株茄苗，在旁边埋下铜钱一文，这样，茄子就可以种活了。"

姓李的老汉问："为什么要这样做？"

姓张的老汉回答说："'有钱者生，无钱者死'，你不是也听说过这样的话吗？"

（明·冯梦龙《广笑府》）

寓意提示：还有一些与此相似的表述。比如，官衙大门朝南，想进先要付钱。

刮地皮

一个贪官任满回家，见家中多了一个老头，便问："这是什么人？"

老头儿说："我是原来你做官那地方的土地神。"

贪官问："为什么到这里来？"

老头儿说："那里的地皮都被你刮光了，教我怎能不跟来？"

（清·石成金《笑得好》）

寓意提示：讽喻贪官贪腐盘剥，入木三分。

马价十倍

有个卖骏马的人，接连三天待在市上，没有人理睬。

这人就去向相马的专家伯乐请求帮忙。他向伯乐说："我有匹好马要卖，接连三天待在市上没人过问，希望你给帮帮忙，去看看我的马。只要你绕着我的马转几个圈儿，临走时再回过头看它一眼，我愿意奉送给你一天的酬劳。"

伯乐接受了这个请求，就去绕着马转了几圈儿，看了一看，临离去时又回过头去再看了一眼。结果呢，这匹马的价钱立刻涨了十倍。

（先秦《战国策》）

寓意提示：有人确有真才实学，但是默默无闻得不到赏识，需得知人善任者举荐方能受到任用。

于田得麛

有人在野外捉到一只獐子，没有立即牵回家。恰好一行十余辆的经商车队，路过这片沼泽地。人们看到这只拴着绳子的獐子，就牵了去。但是又于心不安，便拿一条鲍鱼放在原处。

不一会儿，捕捉獐子的人回来了，不见獐子，却发现一条鲍鱼，大吃一惊，心想：沼泽地人迹罕至，发生这样奇怪的变化，肯定是神仙无疑了。

这件事传开后，不少人来求福治病，居然还多效验。因此又搭建一座祭祀的庙宇，庙中巫祝多达几十人，帷帐高挂，钟鼓齐鸣，十分热闹。方圆几百里内的人都来祈祷，尊称鲍君神。

几年过去后，放鲍鱼的那个人又经过这里，问明事情的原委，不觉哑然失笑，说："这是我放的鱼，哪有什么神呢？"他上堂抓起鲍鱼扬长而去。

从此以后，断了香火，庙宇也从此破落。

（汉·应劭《风俗通义》）

寓意提示：所谓信奉神仙，不过是子虚乌有的迷信而已。

买凫猎兔

从前有个人要去打猎，但是没有猎鹰，就买了一只野鸭充作猎鹰外出行猎。

正走着，田野里突然蹿出一只兔子来。他就把野鸭抛向空中，让它追击兔子。

野鸭子飞不起来，掉落在地上。他把它从地上拾起来，再次抛向兔子。野鸭子再一次摔落在了地面上。

这样一连抛了好几次。野鸭子跌跌撞撞地从地上爬起来，用人的话语对他说："我是鸭子呀！杀掉后吃我的肉，是我的本分。为什么要强加给我抛掷摔打的痛苦呢？"

那人说："我认为你是猎鹰，可以用来追捕兔子。谁又知道你是只野鸭子呢？"

野鸭子举起脚蹼，让那个人看了看，对他说："你看看，我这手脚，像是能够用来捕捉和擒拿兔子的吗？"

（先秦《艾子杂说》）

寓意提示：不顾客观现实，只凭主观意志行事，怎能避免失误？

雉当凤凰

楚国有个人挑着一只山鸡。

一个过路人问他："这是什么鸟啊？"

挑山鸡的人骗他说："凤凰。"过路人说："我只听说过凤凰，今天恰好见到了。你愿意卖掉它吗？"

挑山鸡的人说："有钱当然愿意卖了。"

过路人给他十金，那人不卖，但添了一倍价钱，他便肯卖了。

这个过路人买了山鸡本想献给楚王。谁知过了一夜，那山鸡竟然出乎意料地死了。他顾不上痛惜金钱，只恨不能将"凤凰"献给楚王。

这件事情传扬开来，人们都很敬佩这个人对楚王的忠心，也都相信那死去的是一只真正的凤凰。

有人把这件事报告给了楚王。楚王被这个人的忠心所感动，便召见了他，并给予重重的赏赐。赏赐的钱数超过了买鸟价钱的十倍。

（先秦《尹文子》）

寓意提示：嘲讽的是那些只顾名不顾实、只信传言不做实际调查的人。

假人

有一个人养了很多鱼，但经常有水鸟到鱼塘里啄食他养的鱼。

为了对付那些水鸟，养鱼的人扎了一个草人，给它披上蓑衣，戴上斗笠，在它手中插上竹竿，然后安放在水塘边上，用来威吓水鸟。

开始时，成群的水鸟只敢在草人头顶盘旋，不敢轻易落下来啄鱼。可是，没过多久它们知道了那是个不会动的假人，便依旧下池子啄鱼，而且还飞落到草人的斗笠上休息，悠闲自在，一点也不怕。

养鱼的人见到这种情形，便悄悄搬掉草人，自己披蓑戴笠，一动不动地站在那里。

水鸟仍然下到池中捉鱼，并飞到斗笠上休息。这人顺手一把抓住了水鸟的脚。水鸟挣扎不脱，拍着翅膀大叫："假人！你不是假人吗？"

养鱼的人说："原先是假人，你再看看现在还是假人吗？"

（明·冯梦龙《广笑府》）

寓意提示：假作真时真亦假，真作假时假亦真。

一狙搏矢

吴王乘船在大江上游览，登上了江边的一座猴山。

群猴见了，都惊慌地逃散了，躲进荆棘丛的深处。

有一只猴子却扬扬得意地转来转去，跳上跳下，故意在吴王面前卖弄它的灵巧。

吴王用箭射它，它敏捷地接住了飞快的箭。

吴王命令左右随从一齐追射，那猴子中箭，抱树而死。

吴王回过头来对他的朋友颜不疑说："这只猴子呀，夸耀自己的灵巧，依仗自己的敏捷，来对我表示骄傲，以致这样惨死了！要引以为戒呀！唉！千万不要向别人耍骄傲呀！"

（先秦《庄子》）

寓意提示：任何时候都不要恃才自傲、卖弄聪明，否则一定会带来灾祸。

直躬不受诛

楚国有个所谓的"善辩之人"叫直躬。

有一次，他的父亲偷了羊，他向官府揭发了此事。

官府抓住了他父亲，准备惩办，这个"善辩之人"请求代替他父亲受罚。

就要施刑时，他却向官府申诉说："父亲偷羊我揭发，我对官府不是无比忠诚吗？父亲将要受到惩罚，我请求去代替他，我对父亲不是无比孝顺吗？我又忠又孝，却遭到惩罚，举国上下还能有不被惩罚的人吗？"

楚王知道了这件事，认为他讲得有道理，便免去了对他的惩罚。

孔子知道了这件事，感慨万分地说："多么奇特啊！这直躬吹嘘的所谓忠孝，不过是借着父亲的一件事，两次骗取虚名。这样的人实在太虚伪了啊！"

（先秦《吕氏春秋》）

寓意提示：孔子主张"为亲者隐"，对此人的行为当然会持否定态度。

掩耳盗铃

有一小偷看上了一户人家门上挂着的门铃，可是担心偷盗的时候会发出响声，因此迟迟不敢动手。

怎么办呢？他终于想出一个好办法——用手掩住自己的耳朵前去偷铃。

但他很不走运。刚把自己的耳朵捂住去偷盗，铃声一响，他就被那户人家逮了个正着。

以为把自己的耳朵捂住，别人也就听不到声音了，这岂不太荒唐了吗？

（先秦《吕氏春秋》）

寓意提示：愚笨之人自欺欺人。

与狐谋皮

有个人爱穿皮袍又喜欢吃精美的食品。

他想做一件极为珍贵的狐皮皮袍，便去找狐狸商量，希望狐狸把皮献出来供他使用；他想办一桌齐全的酒席，就去跟羊商量，希望羊同意把自己宰杀了当作食物。

那个人的话尚未说完，狐狸便邀集同伴一块儿躲进了深山，羊也招呼同伴一起藏进了密林。

就这样，那个人过了十年也没做成一件皮袄，过去了五年也没有办成一桌酒席。原因何在呢？就因为他去找狐狸和羊商量的办法是错误的。

（前秦·符朗《符子》）

寓意提示：在特定的情境下，不要过早地表露自己的计划，否则可能导致行动失败。

狼子野心

有一个富人偶然捉到了两只小狼，把它们和家里的狗关在一起饲养。小狼能和狗平安相处，稍微长大之后也相当驯服，主人竟然忘记它们是狼了。

有一天，主人在厅堂里睡觉，忽然听见一群狗汪汪地发出狂怒的叫声。

他吃惊地坐立起来，看看周围并无一人，就又躺下接着睡觉。

过了一会儿，狗又跟先前那样狂叫起来，他便假装睡觉等着瞧事情的原委。原来那两只狼等候他睡着了，竟想要去咬他的咽喉。群狗狂叫着阻止，不让那两只狼靠近主人。

最后，主人杀了那两只狼，剥了它们的皮。

（清·纪昀《阅微草堂笔记》）

寓意提示：坏人恶性难改，用心险恶歹毒。

妖由人生

河间的唐生，喜欢闹着玩，当地人至今还能说出他的一些恶作剧，所谓"唐啸子"就是他。

私塾先生认为不存在鬼，说："阮瞻遇见了鬼，哪有这种事？这不过是和尚们造谣罢了！"

夜里，唐生就往他的窗户上撒土，然后又呜呜怪叫着打门。私塾先生惊问是谁。唐生回答说："我是阴阳聚结的鬼。"

私塾先生大为恐惧，蒙着头大腿直打战，叫两个弟子守他到天亮。第二天，他瘫在床上起不来了。朋友来探问，他只是呻吟着说有鬼。

不久，人们知道是唐生干的，都拍手大笑。然而，从此以后鬼就真的大闹起来，抛瓦投石，摇晃门窗，闹得夜夜不得安宁。

私塾先生开始还以为又是唐生在瞎闹，后来仔细观察，才知道是真鬼。他受不了如此的戏弄，竟丢下学馆离开了。这大概是由于他受过惊吓之后，加上心中又感到惭愧，勇气早已消减，狐鬼便乘虚而入。"妖由人生"，说的就是这个道理吧。

（清·纪昀《阅微草堂笔记》）

寓意提示：人若在主观上失去防御坏事物入侵的勇气，违背客观准则办事，就会出现反常的怪异现象。

农夫得玉

魏国有个农夫，在田野里耕种时拾到了一块很大的宝石，但是他不认识自己拾到的是什么东西，便把这件事情告诉了邻居。邻居知道是件宝物，暗中盘算要把那块石头弄到手，便欺骗农夫说："这大概是块鬼怪石头，收藏在家里很不吉利，不如把它扔回原处去。"

农夫虽然心存恐惧，可还是把石头搬回了家里。当夜，宝玉通明，照亮了整间屋子。

农夫全家惊恐万状，他又把发生的怪事告诉了邻居。邻居说："这是鬼怪的征兆，必须赶快扔掉它，才可以消除灾祸。"

闻听此话，农夫急忙把石头丢到野外去了。没等多久，那个邻居就把石头偷去献给了魏王。

魏王召来玉工鉴别，玉工惊异地说："恭贺大王得到这块天下无双的宝石。如此稀世珍宝，我还从来没有见过。"

魏王问起宝玉价值多少。玉工说："这是无价之宝，就是拿五座城池来换，也只能让他看上一眼。"

魏王立即赏赐给献玉之人千斤金子，并让他一辈子享受上大夫的俸禄。

（先秦《尹文子》）

寓意提示：运用编造谎言、欺骗窃取手段谋取高官厚禄者，其人绝坏。

偷牛

　　某地有个村子。有一次，全村人合伙儿偷了外面一头牛，回来又合伙杀掉吃了。丢牛的人跟着脚印追寻，来到了这个村子。他把村里的一个人找来，想打听牛的下落，问道："你在不在这村子住？"

　　偷牛的人回答："我们这里压根儿就没有村子。"

　　丢牛的人问："这村子里有个水池，你们是不是在水池边把牛宰掉吃了？"

　　偷牛的人回答："村里没有水池。"

　　又问："水池旁边有没有树？"

　　回答说："没有树。"

　　又问："偷了牛，你们是不是打村子东边回来的？"

　　回答说："没有东边。"

　　又问："你们偷牛的时候，不正是中午吗？"

　　回答说："没有中午。"

　　丢牛的人说："纵然可以没有村子，没有水池，甚至没有树，可天下怎么会没有东边，没有中午呢？可见你说的全是谎话，没一句可信的。老实告诉我，你偷牛吃了没有？"

　　偷牛的人回答说："实在是吃了。"

（《百喻经》）

　　寓意提示：做了坏事，无论谎言还是狡辩，都无法遮掩真相。

两鬼争宝

从前，有两个鬼合伙弄来了一只箱子、一根手杖、一双木屐。两个鬼互相争夺，都想独自占有这些东西。他们争来吵去，嚷嚷了一天也没能停下来。

这时，有一个人走过来，见他们争得难分难解，就问道："这箱子、手杖、木屐都有什么奇异的功用，值得你们这般竖眉瞪眼地争执？"

两个鬼回答："我们这只箱子，能变出来一切衣服、饮食、床褥卧具。凡日常生活所需之物，它都能变出来。谁要是握着这根手杖，积怨很久的敌人也会归顺、臣服，不敢再与他为敌。谁穿上这双木屐，便能在空中飞行自如，无遮无挡。"这人听了这番话，就对那两个鬼说："你们离得稍远一些，我能为你们分得公平合理。"鬼听他这么一说，果然马上远远地躲开了。

这人随即抱住箱子、握着手杖、蹬上木屐，飞上天空。两个鬼傻愣了半天，最后什么也没弄到手。这人在空中对鬼说："你们两个所争的东西，我已经都拿走了。现在你们再也没有什么好争的了！"

(《百喻经》)

寓意提示：人比鬼精，演示的是别样版本的"鹬蚌相争，渔人得利"的故事。

罗刹戏衣

有一年遭了饥荒，演戏的艺人就到其他地方去谋生。

路上得经过一座大山，山里平常有很多吃人的罗刹鬼。这班艺人行至半山，天色已晚，只好在山里过夜。山中风啸气寒，露宿十分困难。他们燃起篝火，在靠近篝火的地方睡下了。

半夜，有个艺人被寒风吹醒，就起来穿上演戏用的罗刹服装，对着火坐着取暖。

这时，一个同伴从睡梦中醒来，猛然看见火堆旁坐着个罗刹，竟来不及细看，大叫一声"有鬼"，丢下大伙儿就跑。

正睡着的艺人被突然惊醒，以为真是罗刹鬼来了，都爬起来没命地逃奔。

那个穿罗刹戏装的艺人也跟在大伙后面跑。前边的人看见他在后面追，以为是罗刹赶来捉人吃，倍加恐慌。而他生怕落得太远，被罗刹吃掉，更是紧追不舍。

这样，众艺人翻山涉水，沟里滚，壑里爬，一个个遍身伤痛、疲惫万分，以致倒在地上爬都爬不起来了。

大伙儿直跑到天亮，才知道后面追来的不是罗刹鬼。

(《百喻经》)

寓意提示：疑神疑鬼，自欺欺人。

愿换手指

有一个神仙来到人间，将石头点化为黄金，试验一下人心。他寻一个贪财少的，引渡他成为神仙，可是到处都寻找不到。即使他指着一块大石头把它变为黄金，人们还是一个劲地嫌小。

最后，神仙遇到一个人，便指着一块石头对他说："我将这块石头，点化成黄金给你用吧。"

那人摇摇头不要。神仙料想他嫌这块石头小，又指着一块大石头，对他说："我把这块极大的石头点化成金给你用吧。"那人也摇摇头不要。

神仙心想，这个人全无贪财之心，真是难得，就应该引渡他成仙，便问他说："你大小金块都不要，到底要什么？"

这个人伸出手指，说："我别的都不要，只要老神仙刚才点石成金的这个手指头。把它换在我的手指上，让我随便任意到处点石成金，让金子多得无法计算。"

（清·石成金《笑得好》）

寓意提示：讽刺某些人贪得无厌，欲壑难填，却也从相反方向照应了"授人以鱼，不若授人以渔"的意蕴隐含。

城门失火

城门着了火，大祸降临池里之鱼。

有一种旧的传说：池仲鱼，是一个人的姓名。

他居住在宋国城门的旁边。有一天，城门突然着了火，火焰蔓延到他的家里，池仲鱼就活活被烧死了。

又有一种说法：宋国城门起了大火，救火的人都去汲取池子里的水，去浇灭城门大火。结果，池子里的水都被淘干了，所有的鱼都露天干死了。

这是比喻坏事的蔓延，必将会伤害善良忠厚的人啊！

（汉·应劭《风俗通义》）

寓意提示：各自孤立的事物之间存在着复杂的联系，有时竟会无端受到牵连。

一卵家当

街市上有个人十分贫穷，吃了早饭顾不到晚饭。

有一天，他偶然拾到了一个鸡蛋，高高兴兴地告诉他的妻子说："我有家产了！"

妻子问道："家产在哪里呢？"

这个人就把鸡蛋拿给她看，并说："这就是我的家产。不过得花十年的工夫，家产才能办成。"

他和妻子谋划着说："我先拿这个鸡蛋借邻居的母鸡来孵小鸡。等小鸡长大后，便挑一只小母鸡回来。小母鸡长大后生蛋，一个月按生十五个蛋计算，即可孵十五只小鸡。一年之内，鸡生蛋，蛋生鸡，可得鸡三百只。拿这三百只鸡就可以换到十金。用这十金换五头母牛。母牛又生母牛，三年可以得到二十五头母牛。这二十五头母牛又生小牛，三年就可以得到一百五十头牛，可以换到三百金了。我再拿这三百金放债，三年连本带利就可滚到五百金。用其三分之二添置田产住宅，三分之一买童仆和小老婆，我便可和你一起舒舒服服地度过晚年。这不是很惬意的事吗？"

妻子听说他要买小老婆，勃然大怒，便把他手中的鸡蛋打碎了，还狠狠地说："绝不留下这个祸根！"

这个人大发脾气，把妻子痛打了一顿，还拉她到官府去，向官府控告她："毁掉我家产的，就是这个恶女人。请把她杀了吧！"

审判官问道："你的家产在哪里？她又是怎样将它毁掉的呢？"

这个人便把从自己拾到一个鸡蛋，到如何讨小老婆的故事，从头到尾讲了一遍。

审判官听了说道："这么大的家产，一下就被这个恶女人砸掉了，真是该杀！"便立即命令把这个人的妻子下油锅。

这个人的妻子号啕大哭，说："我丈夫所说的，都是一些没有办成的事，为什么要把我下油锅呢？"

审判官说："你丈夫说讨小老婆，也不是事实呀，你为什么就妒忌起来了呢？"

这个人的妻子说；"本来是这样，可是我想早点把这个祸根除掉呀！"

审判官听后笑了一笑，便把她释放了。

唉，这个人如此想发财，是因为贪心太重；而这个人的妻子之所以要毁掉鸡蛋，则是因为她的嫉妒心太强。总之，所有这一切，都只不过是一场胡思乱想罢了。世界上这种想入非非、贪图捞取无所指望的东西的人，岂止这个从一个鸡蛋来谋划家产的人呢？

（明·江盈科《雪涛小说》）

寓意提示：上承《庄子》，下续当代，"一个鸡蛋家当"的文学叙事历久弥长。

玄石戒酒

古时候有一个名叫玄石的人。他嗜酒如命。

有一次，他喝醉了，酒力像火一样熏灼着他的内脏、蒸煮着他的肌肉骨骼，身体好像要裂开似的，各种药物都治不了。

过了三天，他才渐渐恢复过来。他对同伴说："我知道酒能够害死人的，从今往后再不敢饮酒了。"

停了不到一个月，饮酒的同伴来了，对他说："试着尝点儿吧。"

当天，他只喝了三杯便停止了。

第二天增加到五杯，第三天便增加到了十杯，第四天便一大杯一大杯地往肚里灌了。他完全忘记了过去的教训。

最后，他喝酒醉死了。

（明·刘基《郁离子》）

寓意提示：对于不良嗜好，要以坚强的意志加以戒除，若不加强自控，迟早会害了自己。

朝三暮四

宋国有个喜爱猴子的人，人们称他为狙公。他很喜爱猴子，在家里养了大大小小许多猴子。他能够了解猴子的心理，猴子也能懂得主人的心思。狙公情愿节省家里的口粮，来充当猴子的饲料。

不久，他家里的口粮就快吃完了，他便打算限制一下猴子的粮食，但又担心猴子不顺从自己，就先哄骗猴子说："今后给你们栗子吃，早上三个，晚上四个，行不行呢？"猴子们听了都跳起来，非常生气。

过了一会儿，狙公又说："今后给你们栗子吃，早上四个，晚上三个，这回行了吧？"猴子们一听都趴在地上，非常高兴。

（先秦《列子》）

寓意提示：多谋者善使手段，愚笨者则不辨事理。

为盗有道

齐国的国氏非常富有，宋国的向氏却十分贫穷。向氏跑到齐国去向国氏请教致富的门道。国氏对他说："我很会偷窃。我开始偷窃时，一年便能养活自己了，两年就比较富足了，三年就非常富裕了。从此以后，我家里积聚的钱财很多，常常接济周围的邻居。"

向氏听了非常高兴，他回去后便翻墙打洞，凡是看到的和手够得着的，什么东西都偷走。没过多久，向氏便因为偷窃财物而被抓住治罪，连他祖先留下的那点儿产业也都被没收充公了。向氏认为国氏欺骗了自己，便到国氏那里去发泄怨气。国氏问向氏："你是怎样偷窃的？"向氏便把自己如何翻墙打洞的情况讲了一遍。

国氏叹了口气说："唉，难怪的，你怎么这样不懂偷窃的道理呢？现在我告诉你好了。我听说天有四时，地有物产。我所偷窃的正是天道运行的时序和大地出产的万物。云雨可以降水滋润，山川可以产木育鱼，我就利用它们来使禾苗生长、五谷丰盛，筑起我的院子，修成我的房屋。我在陆地上偷窃禽兽，在水中偷窃鱼鳖，可以说无所不偷。然而，无论禾苗庄稼、泥土树木，还是飞禽走兽、鱼虾龟鳖，原本都是天地所生产的，哪一样原来属于我呢？但是我从天地间偷窃，并没有什么灾祸。金银宝石、谷帛钱财这些东西却不同，它们都是人们劳动积聚来的，难道能说成天地赐予不成？你偷窃这些东西而被治罪，能怨谁呢。"

（先秦《列子》）

寓意提示：不能从词语的字面意义去理解问题。若只是按照词义行事而背离精神实质，结果必然导致错误。

以猪代牛

农民们一到春暖花开时节，就都忙着耕地种田，生怕误了农时。有个叫商于子的人，家里的牛生病死了，同时贫穷使他没有钱再去买牛。现在他需要下田干活儿，但没有牛来耕田，把他急得团团乱转。突然间，他灵机一动，想到了家中的猪。

商于子把猪牵了出来，往地里走去。他想："都是畜生，总比人有力气，试试看吧。"

商于子把猪赶到地头，停下来给猪套轭套。谁料想，平时挺驯顺的猪此刻说什么也不服管，左右挣扎，硬是把轭套给甩了下来。

商于子心中郁闷，使劲儿抽打了猪一顿，然后又重新给猪套轭套，希望猪能老老实实地干活儿。

这一次还真的套上了。商于子把猪赶进田里，猪不但走得不直，而且左蹬右刨地把原本平整的田弄得坑坑洼洼的，气得商于子大声呵斥："你这个没用的东西，连走直线都不会，只有杀了吃肉！"

这时，一位叫宁母的先生走了过来。宁母看到商于子用猪耕田，先是觉得可笑，后来一想，应该开导开导他，或许他以往没有耕过田。

宁母先生走到商于子身边，对他说道："这位先生好糊涂啊！猪从来都是为了吃肉才养的，有谁见过用猪耕田的？历来耕田都用牛，是因为牛的气力大，蹄子结实，踏进泥土里很容易拔出腿来。现在，你想让猪给你当牛使，岂不是异想天开吗？我想它一块地也耕不好。"

商于子本来心中郁闷，听了宁母的话，更加生气，心想："你站着说话不嫌腰疼。我因为家里穷买不起牛，才使这畜生来耕田的，你却自以为聪明，当别人都是笨蛋！"

商于子没好气地对宁母先生说："我用什么耕地关你什么事？我自己家的地耕好耕坏是我自己的事，与别人无关。你若真关心天下事，就去劝诫国君，别用错了大臣，坑害了百姓。"

宁母深有所悟，连连点头。

（明·宋濂《宋学士文集》）

寓意提示：风马牛不相及，用猪耕田，如同狗戴嚼子。

老翁捕虎

　　近城边的地方出现了凶猛的老虎，已经咬伤了几个猎人。城里的人请求说："不请来徽州府的唐打猎，就不能除此祸患。"于是，县府派官员带着钱财去请唐打猎。这个官员回来禀告说，唐打猎挑选了两名技艺最精湛的猎人，马上就要到了。等两位猎人到达时，人们一看，一位是头发和胡子都白得像雪一样的老头儿，还不停地咳嗽着；一位是十六七岁的少年。人们大失所望，只好先为他们安排饭食。那个老头儿感到县令对他们有不满的情绪，便半跪在地上禀告道："听说这只老虎出入的地方离城不过五里路，我们先去捕捉它，等捕到后再回来吃饭也不晚。"

　　老头儿便叫役夫带路。役夫走到谷口时，便不敢再往前走了。老头儿讥笑他们说："有我在这里，你们还怕什么呢？"到半山谷时，老头儿对少年说："这个畜牲好像还在睡觉，你把它叫醒吧！"少年学着虎啸的声音，老虎果然从树林中猛地窜出来，径直向老头儿站立的地方扑去。老头儿手中握着一把短把斧头，长八九寸，宽四五寸。他伸直手臂，巍然屹立。老虎扑了上来，老头儿偏过头躲开。老虎从他头顶上跃过去后便扑倒在地，只见血流满地。大家过去一看，老虎从下巴到尾骨，都被老头儿的利斧割开了。

　　大家便用很丰厚的礼物酬谢老头儿，送他们回家。老头儿说，他练习臂力练了十年，练习眼力练了十年。现在已经达到用扫帚来扫眼睛可以不眨一下；使身强力壮的人攀吊在手臂上用力往下扳都扳不动。

　　　　　　　　　　　　　　（清·纪昀《阅微草堂笔记》）

寓意提示：厚积薄发，基本功力和精湛技能是克敌制胜的保证。

扁鹊治病

扁鹊是个著名的医生。一天，他去见蔡桓公。扁鹊告诉蔡桓公："大王，据我看来，你已经得了病。不过，不打紧，你的病在皮肤里，经过医治，便会好的。如果不医治，就会慢慢地重起来。"桓公说："我的身体很好，什么病也没有。"扁鹊走后，桓公冷笑着说："这些做医生的，大病医不了，只会医些没有病的人。医治没有病的人，才容易显示自己手段的高明！"

隔了十天，扁鹊又去看桓公："你的病已经在皮肤和肌肉之间，再不医治，会更厉害的。"桓公听了很不高兴，没有理睬他。扁鹊也就退了出来。

又过了十天，扁鹊又去见桓公，说道："你的病已经从肌肉到血脉里去了。"桓公还是不睬他。

再隔十天，扁鹊又去看桓公，告诉他说："你的病，现在已经从血脉到肠胃了。再不医治，将更严重了。"桓公听了十分不高兴，闷声不响。扁鹊又不得不退了出来。

又隔了十天，扁鹊碰见了桓公，留神地看了他几眼，掉头就跑了。桓公觉得他这种举动很奇怪，特地派人去问他："扁鹊，你这次见了大王，为什么一声不响，掉头就跑呢？"扁鹊说："一个人生了病，病在皮肤、血脉、肠胃的时候，都有办法可以医好，到了骨髓，就难治了。现在大王的病，已经入了骨髓，我还有什么法子医治呢？"

五天后，桓公遍体疼痛，派人去请扁鹊来给他治病。扁鹊早知道桓公定来请他，几天前就跑到秦国去了。

（先秦《韩非子》）

寓意提示：排斥逆耳良言，从不检讨自己的缺点，必将酿成大祸。

04

　　我国古代寓言故事有一些是以动物为主人公的。这种寓言常常借此喻彼，借物喻人，读这种寓言故事，能让我们想到生活中的很多人和事，带给我们很多启示。

　　读一读，想一想，把你读懂的道理和学到的启示记录下来吧！这些都可以成为成长路上的一笔财富呢！

九头鸟

古时候，孽摇山中有一种奇怪的鸟。这种鸟有一个身子却长着九个头。看见食物时，它所有的头都争着啄食，互相争吵、互不相让，你啄我，我啄你，把整个身体都啄得伤痕累累、羽毛乱飞。结果，食物都没吃进嘴里，九个头都被啄伤，变得鲜血淋漓。

海上的水鸟看见这情形，嘲笑道："你们只要想着你们九张嘴吃的东西都进入一个肚子里，那么你们就不会再争抢吵闹了。"

（明·刘基《郁离子》）

寓意提示：这则寓言告诫人们为了共同利益，不要互相争斗。

燕雀相乐

燕雀互相追逐，亲昵地聚集在一座房子下面。母鸟哺育幼鸟，互相取乐，过着欢快的日子，自以为平安无事。

忽然，灶上的烟囱裂开个口子，火冒了出来，向上烧着了屋梁，可是燕雀却安然自若。

这是什么原因呢？是因为它们不知道将有大难临头。

（先秦《吕乐春秋》）

寓意提示：有的人只图眼前安逸，不知居安思危；只图一家之欢，不顾天下安危。

寒号鸟

五台山上有一种生性非常懒惰的鸟，它们从来不自己筑巢。它生有一对大翅膀，却不会飞。每当天气暖和时，它身上长满了色彩绚丽的羽毛，非常好看。它就得意扬扬地叫道："凤凰也不如我！凤凰也不如我！"

等到深冬严寒时节，它身上的羽毛就脱落光了，难看得像只小雏鸡。在寒风凛冽、雪花纷飞中，它不停地颤抖，不住地凄厉叫道："得过且过？哆嗦嗦，冻死我！"大家把这种鸟叫作"寒号鸟"。

（元·陶宗仪《南村辍耕录》）

寓意提示：小有成绩就狂妄自大，遇到逆境便悲观自怜，不能正确认识自己的缺点和他人的优长，就无法立于不败之地。

飞蛾扑火

林某人夜晚和客人对坐。有种翅膀上带粉的飞蛾，绕着蜡烛飞来飞去。林某人用扇子驱赶它，但它刚赶走又飞了回来。这样重复了七八次，飞蛾最终被烧得焦头烂额，可还是扑打着翅膀，直到死了才停止。没有人不笑它愚蠢的。

世人追逐的声色利欲，又何曾不是这油脂之火！现今投入其中而不迟疑的人，难道能免于像这虫子一样被讥笑吗？

（宋·林昉《田间书》）

寓意提示：不顾一切地扑向错误的目标，乃是自取灭亡之举。

人云亦云

汉朝的司徒崔烈征召上党的鲍坚为自己的部下。

鲍坚在崔烈要接见他时，十分忧虑，不知该怎么过这一关，就问先来的人有些什么仪式。有一个人告诉他："跟着司仪的人唱和就行了。"

到了拜见司徒的时候，司仪说："可拜。"鲍坚也跟着说："可拜。"

司仪又说："就位。"鲍坚又跟着说："就位。"于是，他又穿上鞋子入席而坐。将要离开席位时，他不知道自己的鞋子放在哪儿。这时，司仪又说："鞋子穿在脚上。"鲍坚也跟着说："鞋子穿在脚上。"

（魏·邯郸淳《笑林》）

寓意提示：没有主见的人，只会对别人随声附和，如同学舌的鹦鹉和八哥。

鼯鼠学技

有一种动物名叫鼯鼠。它有五种本领：飞、走、游泳、爬树、打洞。

然而，它虽然学会了这五种本领，却没有一种学好的。说它会飞，却飞不高；说它会走，却走不快；说它会游泳，却游不远；说它会爬树，却爬不到树顶；说它会打洞，却打得不深。

鼯鼠身兼五种本领，但事实上它平凡得很，一样也不精通。

（明·程登吉《幼学琼林》）

寓意提示：能力和技艺不在多，而在于精湛。

蜈蚣与蚯蚓

一条蜈蚣环绕在蚯蚓的洞口上爬行，蚯蚓隐藏在洞里，忽然伸出头来咬掉蜈蚣的一只脚。蜈蚣很恼怒，想进到洞里去，洞口太小钻不进去。正在它爬来爬去转着圈子时，蚯蚓趁它没防备又咬掉它一只脚。

蜈蚣更加恼火而又没有办法，守在洞口不肯离开。蚯蚓就逐个拔去它的脚。过了一个时辰，蜈蚣已没有脚了，身子虽然没有死，但不能转动，横卧在地上，像僵死的蚕一样。

蚯蚓这才公然爬出洞来，咬住蜈蚣的肚子就吸食起来。

（清·薛福成《庸庵笔记》）

寓意提示：弱者战胜强者很难毕功于一击，只能循序渐进，积小为大，终于获得全胜。

虎怒决蹯

有一个猎人，安装了一个拴缚兽蹄的捕猎器具，缚住了一只老虎。老虎无法解脱，发起怒来，用牙齿咬断被缚的爪子，忍着剧痛逃跑了。

老虎不是不爱惜自己的爪子，但是性命攸关，它不能因为要保住爪子，而使自己命丧猎人之手。

（先秦《战国策》）

寓意提示：待人处世都要顾全大局，有时需要牺牲局部，谨防因小失大，得不偿失。

乌龟与螃蟹

乌龟长壳，螃蟹也长壳。只是螃蟹壳薄，而乌龟壳厚，所以乌龟能负重，而螃蟹经不住敲剥。不过螃蟹能用钳子来自卫，乌龟只能团缩起来逃避人的攻击而已。

有一天，螃蟹遇到乌龟，将要用它的钳子来向乌龟耍斗，乌龟赶快把头、尾和四条腿一齐缩入。螃蟹只能钳住乌龟的壳，很长时间，丝毫损害不了乌龟。螃蟹嘲笑着说："这个厚皮的东西，一点儿也咬不动它。"

（清·吴趼人《俏皮话》）

寓意提示：凡事不能只看表面形式，相似的外表有着不同的功能。

涸泽之蛇

池塘里的水干枯了，水中的蛇要搬家。有一条小蛇对大蛇说："你在前面走，我在后面跟着，人们就会认为我们只不过是一般的蛇过路罢了，必定把我们杀掉，不如我们两口相衔，你把我背着走，人们见了就会认为我是神君。"

于是，它们便用嘴相衔，大蛇把小蛇背着越过大路。人们看见了，都赶紧躲开，并且说："这是神君！"

（先秦《韩非子》）

寓意提示：面临危险和困难，要善于思考，精诚团结，调动有利条件克服困境，不离不弃取得最后的成功。

小猫问食

老猫生了个小猫，小猫渐渐地长大了。小猫问老猫："我应当吃什么东西呀？"老猫回答说："人们会教你的。"

夜里，小猫跑进人的家里，藏在瓦坛中间。家里的人看见了，相互提醒道："酥油、乳酪、肉这些东西，要严严实实地盖好；小鸡要放到高处，别让猫给偷吃了啊！"

于是，小猫明白了：原来小鸡、酥油、乳酪和肉，都是我的好食物。

（《大庄严论经》）

寓意提示：知识的积累有一种途径，叫作"言者无心，听者有意"。

八哥学舌

南方有一种鸟，俗称八哥，爱跟人打交道，所以很容易被人捉住。人们捉住它后，就把它的舌头剪圆并教它说话，它也学会了几句简单的话，整天叽里呱啦叫个不停。

有一天，一只知了在庭院里鸣叫。八哥听见了，轻蔑地笑了起来。知了对八哥说："您能像人一样说话，这很好。但您所说的不再是原先自己的话了。哪能像我这样按照自己的意思说话呢？"

八哥被知了说得满脸愧色，只好承认知了的话有道理。

（明·庄元臣《叔苴子》）

寓意提示：人云亦云的模仿饶舌，表达的不是自己的思想。

猴子捞月

树林里有一口井，很多猴子每天都到井边喝水。

有一天，一群猴子到了一棵树下，看到树下有口井，月影在井中晃动着。

猴子的头领看见井中晃动着月亮，就对其他猴子说："月亮今天掉到了井中，我们应当共同努力把它捞出来，不然以后每个夜晚都是漆黑漆黑的，多不方便啊！"

其他的猴子一起问："怎么才能把月亮救出来呢？"

那只头领猴子说："我知道救出月亮的方法。我捉住树枝，你们捉住我的尾巴，一个连一个，就可以把月亮捞出来了。"

其他的猴子都觉得这个办法不错，于是一个抓住一个，挂成了一长串。

可是，由于连在一起的分量太重，老猴子抓的树枝又太细了，它们还没有接近水面，树枝突然被折断，所有的猴子都掉进了井里。

（《根本说一切有部毗奈耶破僧事》）

寓意提示：庸人自扰，而且招祸。

鹦鹉与八哥

吾山梁商店里养了一只鹦鹉，非常聪明。东关口商店养了一只八哥，亦能学说人话。

有一天，这两家商店的主人带着它们来比赛。鹦鹉唱一首歌，八哥也随即和一首，音声清脆激越，不相上下。这时，八哥再挑战与鹦鹉说话，鹦鹉一个字也不说。有人问鹦鹉这是什么原因，鹦鹉回答说："它的声音比我差，而它的狡猾却胜过我，我一开口就会被它偷学去。"

（明·周亮工《因树屋书影》）

寓意提示：生活中务必要提防那些本身不学无术，专门剽窃他人成果的无耻之徒。

乌贼自蔽

海里有一种动物，名叫乌贼。它能吐出黑水使海水变黑。

有一只乌贼在海边游戏，怕其他动物看见自己，便吐出黑水把自己隐蔽起来。

一只海鸟看见水的颜色奇怪，仔细一看，是乌贼，便把它抓住了。

唉，只知道隐蔽自己以求安全，不知道消灭痕迹以杜绝海鸟的怀疑。被发现，实在可悲！

（宋·苏轼《苏轼文集》）

寓意提示：把自己隐蔽起来的措施，反倒暴露了自己的行迹。

狡狐搏雉

狐狸捕捉野鸡时，一定会先趴下身子，耷拉着耳朵，用这种样子来迷惑野鸡，等待着它的到来。野鸡见状，就相信它而麻痹大意，狐狸便可伺机猛扑过去捕获野鸡。

假如让狐狸竖直身子瞪大眼睛盯着野鸡，显露出随时捕杀的姿势，野鸡就会受到惊吓而远远地逃走了。

人的伪装狡诈，可比禽兽还要凶狠得多啊！

（汉·刘安《淮南子》）

寓意提示：有的人为了达到不可告人的目的，往往摆出假冒伪善的面相，对此必须提高警惕。

猎者得麋

山林沼泽中的野兽，没有比麋鹿更机灵、更狡猾的了。

麋鹿知道猎人在前面张开大网，要把自己往网里赶，所以它就掉过头来往回跑，并冲撞打猎的人。这样的事情发生了不止一次。

猎人知道麋鹿的狡诈，就用手举着网假装把它往前赶。麋鹿还是像过去那样掉头冲撞猎人，结果自投罗网被猎人捕获了。

（先秦《战国策》）

寓意提示：对于玩弄权术之辈，只要摸清他的底细将计就计，就能顺势将其制服。

翠鸟做巢

翠鸟为了自身的安全，把鸟巢搭建在树梢上。

它们生了蛋，怕蛋滑下来打破，便把巢改筑在了较低的地方。

等到小鸟从蛋里孵出来，它们又担心小鸟从巢里掉下来跌死，便又筑了一个离地面较近的新巢搬进去住。

翠鸟每天衔食哺育小鸟。听着小鸟们吱吱唧唧的叫声，它们高兴极了。

等到小鸟羽毛渐渐丰满，它们更加爱护。由于担心小鸟掉下去摔死，翠鸟便在离地面更近的地方重筑新巢。

但是，它们的巢离人太近了，即使是小孩子一伸手也能捉到它们。

（明·冯梦龙《古今谭概》）

寓意提示：居安思危，当是建构家室、安置生活必须遵循的基本原则。

雄雌二鸽

古时候，有雄和雌两只鸽子。它们共同住在一个鸽子窝里。到了秋天果子熟了的时候，它们一起拾来果子，整个鸽子窝都装满了。

过了一些时候，果子渐渐干了，显得减少了许多，只剩下半窝了。

雄鸽便怒气冲冲地对雌鸽说："咱们辛辛苦苦一起拾来的果子，你却偷吃，现在果子只有一半了。"

雌鸽说："我并没有偷吃，是果子自己减少了的。"

雄鸽不相信雌鸽的话语，气得瞪大眼睛："若不是你偷吃了，为什么会减少呢？"说着，它便用嘴把雌鸽给啄死了。

没过几天，天空降下了大雨。因为吸收了潮湿的空气，果子膨胀起来，又变得像原来那样满满一窝了。雄鸽看到这种情况，便非常悔恨："雌鸽确实没有吃果子，我错杀了它！"

于是，它悲痛哀伤地呼唤："你到哪里去了？"

（《佛本行集经》）

寓意提示：彼此之间缺乏信任，互相猜忌，以致酿成惨祸。

蛇教蚓行

蛇没有长脚，可是走得很快。蚯蚓很羡慕它，想学这本事。

它想："我跟蛇是一种类型的，我为什么走得不如蛇呢？"

于是，它就学蛇走路，苦于太笨拙迟钝，就趴着偷看蛇是怎么走的。它看见蛇蜿蜒曲折，做出各种姿态，也跟着学，尽力腾空闪躲，跳跃而起，最后也没有学会。不得已，它向蛇拜师，请求蛇教它。

蛇也不吝惜教导它，可是蚯蚓学了一百遍也学不像。

蛇就仔细观察，叹气说："我虽然没有脚，但是从头至尾，每一节都有骨头支撑着。像你全身没有骨头，怎么能在世上行走呢？"

（清·吴趼人《俏皮话》）

寓意提示：条件因人而异，可以学习和掌握的技能也就各不相同，不具备起码的基本条件很难学有所成。

狮王与豺狼

以前有一只狮子王，一天在深山中抓到一只豺狼，准备吃掉它。

豺狼说："我将为大王每月送两只鹿来赎回我的性命。"狮子王听了很高兴。

豺狼按照约定时间每月给狮子王送鹿，自己只不过靠捕获山猫、兔子等维生。

一年之后，鹿都被吃光了。豺狼没有什么可以送给狮子王了。

一天，狮子王遇到豺狼，说："你杀害太多生命了。现在轮到你了，你自己想想怎么办吧。"

豺狼无言相对，就被狮子王吃掉了。

（宋·李昉《太平广记》）

寓意提示：弱肉强食，即使尽心尽力供养统治者，也改变不了遭到虐杀的命运。

不禽不兽

凤凰做寿，林中的百鸟都飞来朝贺，唯独蝙蝠不到。凤凰责备说："你在我的统治之下，为何这样傲慢不恭啊？"

蝙蝠说："我有脚，属于兽类，不是你们鸟类，以什么名义来祝贺你呢？"

又一天，麒麟过生日，也是唯独蝙蝠不到。麒麟也责怪了它。

蝙蝠辩解说："我有翅膀，属于飞禽，以什么名义来祝贺你呢？"

麒麟和凤凰相会，谈到蝙蝠的事，互相慨叹说："如今世道，风气恶劣，偏偏生出这类不禽不兽的东西，真的是拿它没办法呀！"

（明·冯梦龙《广笑府》）

寓意提示：对那些不守规矩者来说，无论任何规则和秩序，总是能发现可以利用的漏洞。

老虎与刺猬

　　有一只老虎到野地里寻找食物，看见一只刺猬仰卧在地，认为是块肉，准备把它衔走。忽然，刺猬把身子一缩，卷住了老虎的鼻子，老虎惊吓得落荒而逃，一路不敢休息，一直跑到山里。它又困又累，不知不觉中昏睡过去。刺猬感到没有危险了，便放开了老虎鼻子跑掉了。

　　老虎醒来不见刺猬，非常高兴。可是，当它来到一棵橡树下，低头看见一颗带壳的橡树果实时，以为这浑身带刺的东西是小刺猬，就赶紧倾斜身体，恭敬地说："今天早上遇见了令尊大人，领教了你们的厉害，现在希望公子让让路我好过去！"

（明·陈禹谟《广滑稽》）

　　寓意提示：人们有时会把相似的样貌混同认知，究其实在，很多长得挺像的东西属于完全不同的物种。

井底之蛙

在一口浅井里住着一只青蛙。它对从东海来的大鳖说："我多么快乐啊！想出去玩玩，就在井口边上蹦蹦跳跳；想回来休息，就蹲在井壁里休息休息。跳进水里，水刚好托住我的胳肢窝和面颊；踩泥巴时，泥浆只能漫到我的脚背上。回头看一看那些赤虫、螃蟹和蝌蚪一类的小虫吧，哪个能同我相比呢？并且，我独占一井水，在井里想跳就跳，想停就停，真是快乐极了！您为什么不常来我这里看看玩玩呢？"

大鳖左脚还没踏进井里，右腿已被井壁卡住了。于是，它在井边徘徊了一阵就退了回来，把大海的景象告诉青蛙，说道："千里虽然很远，可是它不能够形容海的辽阔；千仞虽然很高，可是它不能够探明海的深度。夏禹时，十年有九年闹水灾，可是海水并不显得增多；商汤时，八年有七年是干旱年，可是海水也没显得减少。永恒的大海啊，不随时间的长短而改变，也不因为雨量的多少而涨落。这才是我住在东海里的最大快乐啊！"

浅井里的青蛙听了这一番话，惶恐不安，两眼圆溜溜地好像失了神，深深地感到了自己的渺小。

（先秦《庄子》）

寓意提示：这则寓言说的是坐井观天，见识短浅。

猱吃虎脑

猱是一种猴子，身体小，爪子锋利，善于攀缘，还喜欢吃老虎的脑子。

老虎头上发痒，便叫猱来为它搔痒。猱在老虎头上搔出一个洞。

老虎只是感到特别舒服而没有发觉。猱便慢慢地从老虎头上的洞里取出老虎的脑浆来吃。它还把一点脑浆献给老虎说："大王，我偶然得到一点儿荤腥，不敢自己吃，特来献给您！"

老虎赞叹说："猱对我可真是忠心耿耿啊！"

老虎吃着自己的脑浆还不知道究竟吃的是什么东西。

时间一久，老虎的脑浆被掏空了，终于感到了极度的疼痛。当老虎发觉自己上了当，再想去追赶猱时，猱早已爬到高高的树上去了。

老虎没有了脑浆，最后疼痛而死。

（明·刘元卿《贤奕编》）

寓意提示：让对方受到伤害而不自知，舒舒服服地着了道儿，这是一种高明的骗术。

头尾争大

从前，有一条蛇，蛇头和蛇尾互相争辩。

蛇头对蛇尾说："我应该是老大！"

蛇尾对蛇头说："我才应该是老大！"

蛇头说："我有耳朵能听，有眼睛能看，有嘴能吃东西，走路时在最前面，所以我应该是老大。"

蛇尾说："我叫你往前走，你才能往前去。我若是用身子在树上绕三圈，看你能奈我何？"于是，蛇尾绕树三圈，三天一直不动。蛇头无法离开前去找食吃，饿得就要死了。

蛇头说："你放开吧，听你的，你是老大！"

蛇尾听了这话，立即放了蛇头。

蛇头对蛇尾说："你既然是老大，任凭你在前边走吧。"

蛇尾在前边走，还没有走几步，便掉进火坑，蛇头和蛇尾都被烧死了。

（《杂譬喻经》）

寓意提示：生死与共，命运相连，本应同心协力，为何血亲相戕？

猩猩喝酒

森林里的猩猩也是嗜爱喝酒的。猎人为了捕捉猩猩，常在山脚下摆放大坛的美酒，酒坛旁放上大大小小的酒杯。同时，他把编织的草鞋，一双双地勾连在一起，也放在地上。

猩猩看见了，知道这是引诱它们的，不敢去喝酒。但是它们经不起酒香的诱惑。过了一会儿，有一只猩猩对它的同伴说："这酒真香啊，我们小心一点，只少喝一点点就行了。"

大家同意，各自到酒坛里去舀酒喝。每喝了一口，便小心地跑开一次。看看周围没有什么动静，猩猩们放下心来。"没有什么，没有什么。"众猩猩这样说着，各自到酒坛里舀酒喝了。

大概酒味太美，猩猩们实在忍耐不住，便一大口一大口地狂喝起来，不一会儿全喝醉了。猩猩们互相嬉笑玩耍，一个个都把脚套进了连在一起的鞋里面。

这时候，山下的猎人跑了过来。猩猩们因草鞋连在一起，跑也跑不动，惊慌失措，互相践踏，全部都被猎人捉住了。

（明·刘元卿《贤奕编》）

寓意提示：明知是陷阱，却抵不住内心的诱惑，结果付出了生命的代价。

蚯蚓出洞

蚂蚁游到蚯蚓的洞穴里，听到蚯蚓的歌声，就称赞说："唱得真好呀，多么婉转悠扬。这就是古人所说的能阻止行云流水的美好歌声啊！"它看到蚯蚓吃着干土，喝着地下的泉水，悠然自得，又赞扬说："你的节操可以同西山的伯夷相比，你的清廉可以同绵山的介之推同论，连廉士於陵子都不如你。"它看到蚯蚓伸展自如，身长而黝黑，修长而有光泽，又赞美说："圣人就像龙一样啊！"

蚯蚓听了这些话，说道："你只知道我居住的情况，却不知道我出行的情况。试试与我一同游历人间吧？"蚂蚁同意了。

这时，蚯蚓抬头向天，爬出了洞口，同蚂蚁一道沿着风亭月榭的长台阶、短台阶游动，很畅快舒适。蚂蚁更加尊敬蚯蚓。

过了一会儿，一只小鸡经过这里，看见了蚯蚓就用嘴啄它。蚯蚓痛苦得快要死去，缩成一团不足一寸长。这时，蚂蚁惊讶地说："呀，你的本领只是如此呀？你终究是不能游历人间啊！"

（清·李世熊《物感》）

寓意提示： 告诫人们要到社会实际中去锻炼才干，运用所学的知识应对各种复杂的情况。

小鸟斗鹰王

从前，有一只巨大凶猛的老鹰在天空中追击一群小鸟。它抓住了一只小鸟。老鹰抓着这只小鸟飞到远方，落在一座高山顶上，打算吃掉它。

这时，小鸟对老鹰说："今天我被抓住吃掉，全是自己的疏忽大意造成的，我不求你饶恕。如果我不离开自己的家乡，就不会被你擒获了。"

老鹰问它："你的家乡在哪里？"

小鸟答道："那高崖绝壁、深涧石缝里有我居住的老巢。在那里，你是无法抓住我的。"

老鹰便对小鸟说："今天我且放你回巢，让你一睹我那无比的威力，看我怎样再一次把你抓来。"

于是，小鸟飞回了自己的家乡，落在高崖绝壁的两块巨石之间。它远远地向老鹰挑战道："我在这里，你敢下来和我决一胜负吗？"

那老鹰听到小鸟的挑战，恼怒万分，就鼓动双翼，奋力俯冲下去，想一下子就把小鸟抓到手。

小鸟见老鹰冲下来，急忙钻进石缝里的巢中。

那老鹰来势过猛，一下子碰在巨石上，两翅折断，掉进深涧摔死了。

(《出曜经》)

寓意提示：弱者运用智慧不但可以脱困，而且能够战胜强大的敌手。

乌生八九子

　　老乌鸦孵出八九只雏乌，啾啾欢聚在同巢的树尖。有一只雏乌胆子特别大，轻快绕树飞不知有危险。众雏乌见它先飞心生妒忌，七嘴八舌向老乌鸦进谗言。老乌鸦听信了众雏乌的挑拨，不让胆大的雏乌回到巢穴里。无奈，胆大的雏乌只好鼓起勇气飞向青云之端。众雏乌怒气冲冲齐声谩骂："不报母养之恩，没有心肝！"

　　谁知一天天过去，众雏乌翅膀硬了，都忘记了孝顺的诺言，想像大鹏展翅九重天。东西南北周游遍，年终竟忘把家还。树上家巢已多余，风雨天天来摧残。老乌独居巢穴中，忍饥挨饿悲号寒。

　　一日清早飞来一只乌鸦，一见老乌鸦惨状，心头发酸。老乌鸦饿了，捕捉小虫食把它喂；老乌鸦冷了，展开硬翅给它遮寒。原来它就是那只被毁谤的雏乌，始终没忘记根本，今日又把家还。当年倘若没远飞，身躯哪能得保全？虽然老母亲借故来推托，怎奈经了诸多坎坷忧患。若不然，老乌鸦生了八九子，过日子，也实在难免受熬煎！

（清·李调元《童山全集》）

　　寓意提示：雏乌不计前嫌，恪尽孝道报答养育之恩，至今仍具现实意义。

黔驴技穷

从前，贵州是没有驴子的。有一个商人买了一头驴子回到贵州，一时之间派不上什么用场，便把它拴在山脚下。一天，一只老虎来了，看见驴子长得高高大大，以为是个怪物，不敢走近它，便小心翼翼地躲在树丛里偷看，始终搞不清驴子是个什么东西。

老虎正在打量着驴子。驴子突然大声吼叫起来，老虎吓了一跳，以为驴子要吃它，便远远地逃开了。

过了一会儿，没有看见驴子追来，老虎再转回去仔细观看，没有发现驴子有什么特别的本领。

于是，老虎在驴子的前后转来转去，可是还不敢和驴子搏斗。

后来，老虎壮着胆子上前挑衅。驴子被激怒了，用后蹄子去踢老虎。这时候，老虎心中暗喜："原来它只有这么一招儿！"

老虎再也不怕驴子了，大吼一声，吓倒了驴子，扑上前去，吃掉了驴子。

（唐·柳宗元《柳河东集》）

寓意提示：有限的一点本事用完之后，便立刻无计可施了。

狐假虎威

老虎搜寻猎物。一天，它捉到了一只狐狸。

狐狸对老虎说："你不能吃我，因为我是天帝派来做百兽之王的。你如果吃了我，将会受到天帝的惩罚。你可以看到野兽们无不因为害怕我而逃命的。你要是不信我的话，那就让我在前面走，你跟在我后面，在山林里走一趟，看看百兽见到我有敢不逃的吗？"

老虎觉得这个办法很有道理，就跟它一路走去。果然，众兽看见了，都吓得四处逃窜。

老虎不知道众兽是因为怕自己而逃走的，还以为它们真的是害怕狐狸呢！

（先秦《战国策》）

寓意提示：编造谎言，依靠骗术自保，凭借别人的威势唬人。

双头鸟

很久以前，大雪山下有一只鸟。这只鸟一个身子上长着两个头。这只鸟一个头要是睡觉，另一个头就醒着。

一次，第一个头睡着了，第二个头醒着。附近有一棵果树，树上的花被风吹落，掉在了第二个头旁边。这个头想："我这时虽然独自吃下这花，可进入腹内，我们两个头都能滋润颜色、增长气力，还能除去饥渴。"于是，这个头便没有叫醒第一个头，独自默默地把花吃了下去。

第一个头醒来后，觉得腹中饱满，又打着饱嗝，就向第二个头问道："你在哪里弄到这么香甜味美的东西？吃下以后，让我感到浑身舒适饱满，连打饱嗝的声音也如此美妙！"

第二个头告诉它："你睡着的时候，这里离我不远的地方有棵果树，树上的花落了下来，掉在我的旁边。当时我想虽然是我独自吃了这花，可花到了腹内，我们两个都能增色添力、免除饥渴。所以当时我没叫醒你，就把花吃掉了。"

第一个头一听这话，愤恨猜忌之心油然而生。它暗想：它得到了食物，不叫醒我，也不让我知道，就独吞了。要是这样，从今以后，我得到什么好吃的东西，也不叫醒它，不让它知道。

有一天，两头鸟出去游玩，遇到一朵毒花。第一个头暗想："今天我要吃下这毒花，让我们两个头一起死掉。"于是，它对另一个头说："现在你睡吧，我醒着。"

第二个头听第一个头这么一说，就马上睡着了。第一个头把毒花吞食了下去。第二个头睡醒后，打个饱嗝，发觉口中出的气有毒，就对第一个头说："刚才你醒着的时候，吃了什么东西，使我身体这样不舒服？

我咽喉梗塞，想叫却阻碍不畅，像是快死了那样。"

第一个头告诉它说："你睡着的时候，我吃下了一朵毒花，情愿让咱们这两个头一同死去！"

第二个头说："你的所作所为，实在太没道理了。出于嫉妒，竟能做出这种事来！"

（《佛本行集经》）

寓意提示：双头一体相连，血脉命运与共。自我戕害，愚不可及。

鹦鹉救火

从前，有一只鹦鹉飞到别的山中，停留了一段时期。

它看到这个山里的众多鸟类、牲畜和野兽在一起，来往之间，互相敬爱，没有彼此残害的。鹦鹉想："虽然是这样，但是也不能在这里久留，到应当回去的时候，还是要走的。"

在鹦鹉离开的几个月之后，大山失火了，四面八方都烧起来了。

鹦鹉在远处看到了一切，便钻进水里，用自己的翅膀取水，然后飞上天空，把自己羽毛中带的水洒下去，想要扑灭这场大火。这样，它不停地来回飞。

天神说："喂！鹦鹉！你怎么这样傻！这上千里的大火，难道会被你两翅间带的水扑灭吗？"

鹦鹉答道："我知道用这点水是不能灭火的。但是，我曾寄居在这座大山里，山里的众多鸟类、牲畜和野兽，都非常仁慈善良，它们全都像亲兄弟一样，我不忍心见死不救。"

鹦鹉极其真诚的善意感动了天神，于是天神降雨扑灭了这漫山的大火。

（《杂譬喻经》）

寓意提示：念兹在兹，对大自然以及滋养过自己的地方，都要常存感恩之情，愿以微薄之力作出回报。

天下无马

日行千里的马，吃一顿就要一石粮食。喂马的人不知道它需要吃这么多粮食，从不将它喂饱。那么，这种马，虽然具有日行千里的能力，但吃不饱草料力气不足，它的才能就表现不出来，与普通的马相比不相上下。哪还能要求它日行千里呢？

赶它奔跑，又不得法；喂它，又不给吃饱；吆喝它，更不懂得它的脾气，还拿着鞭子走到马跟前说："世界上没有好马！"

唉！真的没有好马吗？其实，只是他们不识好马啊！

（唐·韩愈《昌黎先生集》）

寓意提示：对于人才，要知人善任，更要培养得法，最重要的是满足和提供合适的生存条件与社会环境。

拼音检索

王燕

苏州科技大学汉语言文学专业教授，主要从事东方文化与东方文学研究，兼任全国东方文学研究会秘书长。先后编著过《王国维文集》《中华文化与印度文化》《中外民间故事》《中国寓言故事》《小学生必读·神话故事》《东方神话》《中国民间故事》等。

叶颖芳

自由插画师，喜欢用画笔表达所见、所想、所感，尤其擅长古风插画、民族风插画。她的作品细腻、美好，让人不由自主地走进画中的世界。